深圳情浓

Shen Zhen

Qing Nong

蓝运彰◎著

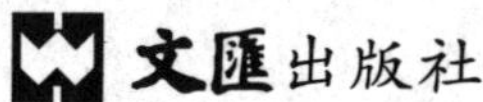

图书在版编目(CIP)数据

深圳情浓 / 蓝运彰著. —上海:文汇出版社，2019.4

ISBN 978-7-5496-2844-5

Ⅰ. ①深… Ⅱ. ①蓝… Ⅲ. ①散文集-中国-当代
Ⅳ. ①I267

中国版本图书馆 CIP 数据核字(2019)第 067618 号

深圳情浓

著　　者 / 蓝运彰
责任编辑 / 吴　华
出版策划 / 力扬文化

出版发行 / 文匯出版社
上海市威海路 755 号
(邮政编码 200041)
印刷装订 / 成都兴怡包装装潢有限公司
版　　次 / 2019 年 4 月第 1 版
印　　次 / 2019 年 4 月第 1 次印刷
开　　本 / 880×1230　1/32
字　　数 / 200 千
印　　张 / 8

ISBN 978-7-5496-2844-5
定　　价 / 35.00 元

总　序

吴亚丁

20 世纪下半叶以来，在中国辽阔大地所发生的重大历史性事件之一，是深圳的崛起。迄今为止，四十年过去，深圳作为中国改革开放的先行地区，作为改革开放的重大成果，它以充满活力的形象，耸立在中国的南方。

濒临香港的罗湖区，是深圳的中心城区之一。20 世纪 70 年代末期以来，改革开放成为中国社会经济政治文化生活的主流，香港因素则成为深圳特区发展的重要因素。深圳文学秉承改革开放的深刻影响，在粤港澳文化氛围中发展成为具有鲜明深圳地域特色的新南方文学。作为深圳文学的参与者，同时，也作为《罗湖文艺》的主编，时至今日，我仍然记得 2014 年那个秋天，我们首次在《罗湖文艺》提出“南方叙事”或“南方写作”的概念。不，岂止是概念呢？事实上，那一年，我们正急切地期待一种全新的命名，来概括和诠释当代深圳文学的写作。

那是一次偶然的机缘。那年的某一天，我与文学评论家、深圳大学教授汤奇云博士曾就深圳文学的现状与未来展开讨论。深圳地处南海之滨，接续港台之风熏陶，在经济与贸易层面与国际诸多接轨，这些都对人们的生活和观念产生了莫大影响。在这座城市里，热爱写作的人日益增多，遍布在社会的各个阶层，每年都有新人新作问世。在这里，青春的面孔织就了写作的版图，新人辈出，佳作不断。在这里，年轻的活力正在引领写作的潮流，且日益成为引人注目的文学创作优势和标识。在这里，文学创作已经成为蔚为壮观、活力四射的不可阻挡之势。是的，深圳当代文学，经过数十年来的创新与发展，正在步入一个更具宽度与深度的活跃期。作为受惠于改革开放、日益繁荣发展的深圳文学，理应得到世人更多的关注与重视。在这充满希望之地，在这最具活力的南方经济之城，深圳的文学，更加迫切地需要寻找到自己的发展坐标与路径，需要认清楚自己的未来与使命。我们共同认为，深圳文学应该赓续和弘扬自屈原以来的浪漫主义传统，融合和发展源远流长的南方文化基因，在理想的旗帜下，承继古老而新锐的文学梦想。基于此，我们想给深圳文学的旗帜，写上这样的大字：“南方叙事”，或者“南方写作”。

自然，我们也有困扰。其中之一的困扰便是，深圳文学研究弱势相对明显。深圳虽然地处全国一线城市，可是大学少，文化（文学）研究机构少。在深圳，能从理论上系统研究探讨深圳文学现状与发展的专业人员也相对较少。一言以蔽之，我们面临的情况就是，我们仍然缺少为深圳文学摇旗呐喊、为深圳文学的发展鼓与呼的人。于是，我们设想，是不是能以罗湖为核心，即以罗湖以深圳的作家为核心，以《罗湖文艺》等文学期刊为平台，团结更多的创作力量，一起来联手推动这项文学运动呢？这样的念头与想法，其实在更早的年份，我们也曾经产生过。若干年（近十年）前，在深圳的文学圈内，我们也曾聚集过一群重要的中青年作家谈论我们的理想。主要是大力鼓励和推动文学创作，鼓励推出新作品——创作出令人心动的新小说、新散文与新诗歌，齐心协力，一起为深圳的文学创造辉煌。这些设想与动机，犹如星星之火，轻易便点燃了“南方叙事”或“南方写作”的熊熊火炬。

从那个秋天开始，我们携起手来，利用掌握文学期刊和团结了一批作家的优势，正式亮出了“南方叙事”的旗帜。次年春季，有感于“南方叙事”构想的顺利推进，我写下了如下文字表达我的热望：

关于“南方叙事”，我们其实是想表达一个梦想，一个关于深圳文学的期待。深圳人，数十年间，经由祖国四面八方而来，聚集在这座辉煌的城市里，充满热情，奋力拼搏，努力耕耘。经过三十余年的努力，取得了不容忽视的成就。我们认为，从这个意义上来说，这是一种新型文学，具备了一种崭新的文学视野，它所讲述的，是关于新城市的叙事，也是关于南方的叙事。——这是我们推出“南方叙事”这个概念的缘由。

从那时起，我们满怀热情，立足罗湖与深圳，在文学期刊中开辟“南方叙事”的平台，聚焦本地重要作家与诗人。为了推动文学创作，扩大社会影响，我们与深圳大学部分文学教授与学者精诚合作，重点配发关于当代深圳文学的最新评论与理论研究成果。当然，更重要的是，我们用主要精力来推介深圳作家作品，在这方面，我们有主要栏目“南方叙事·作家作品推介”。关于“南方叙事”的理论探讨，我们有“南方叙事·论坛（理论）”；关于“南方叙事”的作家作品评价和研讨，我们有“南方叙事·评论”等栏目。通过立体的栏目构建，我们力图让读者对深圳文学的现状与发展有一个全方位的观察和认识。在这样的努力下，深圳的作家和诗人们，以重点篇幅出场，以新的面目示人，以风格各异的身姿陆续走进读者的视野。

由于杂志的篇幅和时间所限，在深圳范围内，仍有许多重要的作家尚没有收录进来。这是一个遗憾。现在，这套“南方叙事”丛书的编撰与出现，便成为深圳文学多声部呈现的另一个重头戏。在对深圳当代文学的巡视或扫描中，我们认为，通过杂志发表作品，当然是一个重要方式；通过出版社的出版和发行来推动文学的创作与繁荣，同样也是一个不容忽视的重要途径。我们相信，这些通过不同方式铸就的文字、画面与声响，将一道构筑起深圳的文学群像，构筑起丰盛迷人的“南方叙事”崭新的文学景观。

在此，我们想强调的是，与寻常意义上的“文学南方”不同，我们现今所提倡的“南方叙事”，并不单纯是一个地域或方位的概念，而是一个突出人与文学的双重自觉的文化概念。我们心目中的“南方叙事”，尤为关注它的世界意识和现代价值。

正是在这个意义上，我们自觉地将自己纳入宏大辽阔的南方概念，纳入南方的范畴。由于深圳地处南方特殊的地理位置，由于频繁国际交往和粤港澳台诸多因素的各种影响，这些由内地各省投奔深圳而来的作家艺术家，他们远离寒冷辽阔的北方，驻足于温暖南方的天空下，呼吸南方的空气，感受南方的花木，身受南方文化的影响，日渐形成了身上混搭一新的新南方气质。这些人，因此又被称为深圳新移民。我们希望，这种新移民身上新生的南方气质，能够与广州珠三角地区，与南粤大地，与整个南中国的文学风气，遥相呼应，形成气候。假以时日，他们将以新的南方文学基因，完成不同文化融合，以创新的姿态，进入中国南方新的文学编程，续写南方文学的浪漫新篇章。

这套“南方叙事丛书”，便是在这样的时代与文学背景下产生的。

收录在这套丛书中的11位作家与诗人，其所撰作品体裁遍及小说、诗歌和散文。他们中间，有自20世纪八九十年代便来闯深圳的前辈们，数十年来，辛勤耕耘在深圳这方土地上，收获颇丰。有来深圳较晚的年轻姑娘与小伙子，他们在这里嫁人成家，娶妻生子，却仍心怀文学梦想，在繁忙的工作之余致力文学创作，屡有佳构。他们无论男女长幼，都一直忙碌地活跃在当下的深圳，在每一个夜晚与白昼，心甘情愿地执着奋斗于文学的疆场。他们热爱文字，愿意为自己写作，愿意为深圳写作，愿意为梦想写作。他们愿意为生命写作。他们的写作，构成泱泱深圳民间庞大写作史的一部分。他们本身，也即是“南方叙事”大潮中的一群文学弄潮儿。

倘若阅读他们的作品，我祈愿作为读者的您——能够读到一个新鲜好奇的深圳，发现一个心仪有趣的南方……

2018 年 12 月 24 日于深圳

（注：吴亚丁，小说家。中国作家协会会员，深圳市作协副主席，深圳市罗湖区作协主席，《罗湖文艺》主编。现居深圳。）

自　序

笔者是土生土长的深圳人，对故乡深怀挚爱之情，总想以文笔描绘她的美丽动人的容颜——自然与人文景观。因而自小喜欢舞文弄墨，踏入青年时代即有些稚气的散文、诗歌、表演唱之类的作品散见于地、县级报刊。然而，“文革”嚣风却将我卷入了灾难的深渊；身心受重创，毁了“作家梦”。

托福邓公，换了新天，真个是“忽如一夜春风来，千树万树梨花开”！清明盛世，文思泉涌。工作之暇笔耕不辍，因而见诸全国各地报刊的粗拙文字计有二百万之多，也圆了“作家梦”。

不揣谫陋，曾在20世纪90年代第二春出版了二十余万字的散文小说集《大鹏丰姿》，且喜反响尚可，《深圳特区报》亦载文评介。

尔来二十春秋矣，却一直未有结集出版拙著，是以常怀愧疚之情。

2012年金秋，为亲朋所劝喻，念及自身已退隐田园，给自己和子孙后代留下有点文化品位的纪念物也好——于是，遂断断续续地花了两三个月工夫，从旧作中筛选出百余篇文章，编辑成册，名之曰《鹏乡情》，作为文友间的交流读物付梓。

最近几年，我市罗湖区文联暨区作家协会以奖掖作家、作者，繁荣深圳文学创作为己任，对作家们的书籍出版给予鼎力支持，今岁决定出版一套罗湖区作家丛书。在此喜人的背景之下，我这本倾注了自己多年心血的散文集《深圳情浓》也欣然付梓了。

《深圳情浓》中的一篇篇饱含深情的文章，蕴藏着鹏城高楼大厦背后的风土人情。那是我亲历家乡改革开放四十年之巨变的心灵震撼，更是我对这个伟大时代的感恩。

末了，殷切希望这本小书能得到读者诸君、方家的教正。

是为序。

蓝运彰

2018年仲夏于大鹏山海间

目录
Contents

第三辑　娱乐升平

第四辑　情缘天地

第五辑　爱山乐水

第一辑

Chapter 1

情系罗湖

QING XI LUO HU

特区山区心连心

——罗湖区赴丰顺扶贫考察纪实

一、长途驱车赴丰顺

1999年11月6日，天气晴和，金风送爽。在罗湖区委书记李意珍的率领下，区有关部门的领导和工作人员30多人驱车数百公里，前往丰顺县开展扶贫考察活动。

这是罗湖区的一桩盛事，因而每个人心中都有一种庄严、神圣的感觉，都盼望车儿快些跑，快点到丰顺。

丰顺县坐落于粤东，梅州市南端，群山环抱，耕地欠缺，榕江北河静静地绕过县城汤坑镇，乃“八山一水一分田”的典型山区。该县始建于清乾隆三年（1738）；春秋战国时期，属百越地，秦时归南海郡辖治。笔者曾翻阅《新安县志》，追根溯源，丰顺与我们深圳“同宗共祖”哩。由于基础差、底子薄等客观的和历史积淀的因素，丰顺的经济建设进展迟缓，与脱贫困、奔小康的目标相差颇远，为广东省16个贫困县之一。所以扶贫任务还相当艰巨。

获悉这种情况，深圳罗湖区人民向丰顺县老百姓热诚地伸出了援助之手——

自1991年始，罗湖区即与丰顺县结成了对口扶贫协作关系。八九年来，罗湖区先后向丰顺县共提供了1000多万元的无偿援助资金；两地签订扶持、协作协议63项。特别是1997年以来，罗湖区提供的无偿资金，使丰顺的近50个特困管理区的集体经济跃上了一个新档次。这回，情深义重的罗湖人又捎去了一笔巨款，还送去了几十本由我区主要领导策划、主编的，多角度、全方位反映罗湖区“两个文明”建设辉煌成就的大型精美画册《走进罗湖》……

当天傍晚6时，几经长途跋涉，我们披着苍茫的暮色，到达了丰顺县城汤坑镇。下车伊始，即受到丰顺县首脑们的热烈欢迎和热情接待。双方领导紧紧地握手、欢快地畅谈——罗湖和丰顺多年结下的深厚友谊，宛若榕江之秋水，在尽情地流淌……

二、一片爱心献山区

翌日上午，“深圳市罗湖区对口扶持丰顺工作通报会”在丰顺县委会议室举行。

会议室陈设简朴而庄重。双方与会者近百名。丰顺县领导十分谦逊，十分敬重罗湖区领导，一一把他们请到了首席上，令我们深为感动。

当李意珍书记落座时，丰顺县几位新闻工作者的摄影机镜头，立即齐刷刷地对准了他。李书记轻轻地挥了挥手，真诚地笑道："你们这样，我都不好意思了，你们应该把镜头移向其他干部群众……"笔者闻言，心里颇不平静……

九时许，会议开始，由丰顺县委书记陈绍雄主持。他首先代表丰顺县委、县政府和丰顺县63万人民对罗湖区委书记李意珍，区人大常委会主任谢惠青，区委常委、宣传部长彭桂华，副区长吴子俊、李铭，区纪委副书记卢章远等领导同志以及随行人员表示热烈的欢迎。嗣后，丰顺县委副书记、县长甘新玲通报了丰顺县经济与社会发展概况。他从实际出发，提出了丰顺"塑造新形象，增创新优势，实现新突破，迈向新世纪"的总体思路，力争经过五年的努力，促使经济和社会发展登上一个新台阶，人民生活水平有较大的提高……他的发言，受到与会者的热情赞赏。

接着，在一片热烈的掌声中，罗湖区委书记李意珍即席发表了热情洋溢的讲话。在讲话中，他对丰顺县同志的热情款待深表谢意；转达了深圳市委常委、福田区委书记（原罗湖区委书记）王顺生的亲切问候，并对丰顺县这几年来的较大的变化，"建成了半个新城"，"有了发展的好势头"，感到由衷的高兴；同时表达了罗湖区委、区政府和60万罗湖人民的共同心愿——愿为丰顺县的发展、老百姓的脱贫奔小康尽一份力量，表一点心意，以期对丰顺的事业有所促进，有所帮助。最后，李书记又深情地说，"黄金有价，友情无价"——罗湖与丰顺多年来结下的情谊，正朝着健康的方向发展，具有一种特殊的感情；今后我们彼此要常来常往，加强联系和沟通；我们相信，丰顺的经济建设会取得更大的成就，老百姓会尽快摆脱贫困，奔上小康的！

接下来，举行了捐赠仪式。当罗湖区委书记李意珍把一块象征着200万元支票的长方形牌子送到丰顺县县长甘新玲手中时，但见摄像机闪光灯飞闪，会议室里爆发出一片热烈的掌声……

三、参观考察热心头

散会后，在丰顺县负责同志的引领下，我们罗湖区的同志先后参观了丰顺县的“新世纪工程”模型、河滨路改造工程、金河湾大桥、穗光菇厂和梅花鹿养殖场。其中的三处，给笔者留下了比较深刻的印象。

——“新世纪工程”模型，展示了丰顺人民跨世纪的宏伟构想和远大抱负。但见在崇山峻岭脚下，在潺潺流淌的榕江北河之滨，在开拓了的一马平川的土地上，大道纵横，绿茵花榭，琼楼玉宇，车水马龙……它，集行政、旅游、文化、体育、商业于一体，设计了新世纪广场、中国邓屋温泉城、东方文化城和东方医药城四大功能区。李书记、谢主任和彭部长等领导看得十分真切，细致入微，皆连连称“好”。

——穗光菇厂，位于一个小山丘脚下的一片旷野上。那连绵起伏的温室大棚，计有20余个。当我们走进棚内时，那儿的职工和专业技术人员正在各自的流水线上紧张地忙碌着。据悉，该菇厂创办于20世纪80年代后期，目前是广东省民营科技企业、省微生物研究所的食用菌基地，乃粤东地区唯一一家从菌种制作、培养、种植、加工与销售“一条龙”，集科技与生产、出口为一体的农业产业化企业。其时，闪入我们眼帘的产品，可谓琳琅满目，异彩纷呈：之中既有猴头菇、金针菇、蘑菇、秀珍菇和杏鲍菇等鲜品，又有猴头菇干品及其汤包等10余个品系。据介绍，其产值、税利、出口创汇连年增加，对于扶贫开发，发挥了较大的功能。我区几位领导看后，很受启发，频频称奇。

——梅花鹿养殖场，坐落于县城汤坑镇西北郊。我们一行下车后，头顶灿烂的秋阳，走进了鹿场。只见一栏又一栏的梅花鹿或嚼薯苗象草，或蹦跳角逐，或引颈嘶鸣，俨然一幅“千鹿嬉戏图”！当地的同志告诉我们，该场的梅花鹿存栏量达1113头，还有身高体壮的马鹿30头。1994年自吉林长白山引进25头种鹿，先在深圳试养三年，取得了“北鹿南养”的成功经验，然后根据丰顺地理条件和劳力充足等特点，于两年前投资兴建了这个大型的养殖场。如今仔鹿及鲜鹿茸产品供不应求，带动了脱贫奔小康事业的进程……我们认真地倾听，仔细地观赏，心里既感动又充满了乐趣。离开鹿场前，李意珍书记微笑着轻轻地抚摸着一头梅花鹿并给它喂食，脸上流露出一抹温馨与慈爱。斯情斯景，恰巧被丰顺一位新闻工作者见到了。他遂举起了照相机，留下了美好而独具情韵的永恒的一瞬……

参观结束后，李意珍书记、谢惠青主任和彭桂华部长等领导同志都真诚地表示：丰顺县干部群众在困境中崛起、脱贫奔小康的毅力和创业精神是很值得我们罗湖区学习的。我们将一如既往地扶持丰顺县，对他们的各项建设事业给予力所能及的资助。

下午一时，我们告别了丰顺。面对着前来送行的丰顺县各级领导干部，纵目发展中的丰顺城区和百里绿水青山，我们都在心里热切切地说：“黄金有价，友情无价，特区山区心连心啊！”

（1999.11）

“深圳第一黄金大街”

今年9月26日，秋高气爽，万里碧空。深圳特区新城，沐浴在秋阳的灿烂的辉光之中，百年东门，则成为一个耀眼的亮点——这天下午，盛装的东门步行街彩旗飘扬，百花竞艳，锣鼓喧天，成千上万的深圳人和海内外嘉宾游人商贾云集老街文化广场，舞台上方那“热烈庆祝东门商业步行街开街二周年”的横幅大标，是那么鲜红夺目。罗湖区委书记汤锦森，区人大常委会主任谢惠青，区政协主席陈耀辉，区纪委书记张文枢，区委常委、宣传部长彭桂华，区委常委、常务副区长李铭和副区长倪泽望以及区有关部门负责人均出席了庆祝仪式，还为首批25家“五好门店”和“文明守法经营户”授牌哩。

面对着彩旗、鲜花、笑脸，浏览着簇新明丽、有“深圳第一黄金大街”美誉的东门街，我这个生于斯、长于斯的深圳人呐，心里着实难以平静。此时此刻，我的心绪飞得很远、很远……

老东门，又谓“深圳墟”，她的历史可追溯到380多年前的明朝下半叶。清朝初年康熙时代编修的《新安县志》（深圳市的前身为宝安县、新安县）就有关于“深圳”和“深圳墟”的原始记录。几个世纪以来，它一直是新安县、宝安县、深圳地区的商铺最密集、商品最丰富、客流最集中的商业旺区——什么多仁米铺呀，猪崽摊呀，鸭仔巷呀，药材店呀，洋布行呀；还有什么云片糕作坊呀，“禄记”茶楼“伦记”饭馆及至新安酒家呀，等等。其嘈嘈杂杂熙熙攘攘的热闹景象，活画出一幅“岭南式”的《清明上河图》!

解放后，特别是深圳经济特区建立后，领改革开放风气之先，坐落于深圳河畔罗湖桥头的老东门，以其特殊的地理位置和历史渊源，商业活动更为频繁，仍领深圳市全境商业区之风骚，强磁铁般地吸引着中外的商贾、嘉宾、游客。

然而，岁月无私亦无情——历经数百个寒暑之风雨剥蚀的老东门毕竟会走向衰老和残旧：那狭窄逼仄凹凸破败的大街小巷，那杂乱无章土瓦泥砖的低矮楼房……这一切的一切，岂能与深圳这个现代化新都市相谐？但它那独具岭南特色的百年流韵，却又令人着实难以割舍……

改革开放之初，市政府曾对百年东门的改造作过规划，惜乎不大理想；后几次更变，均不尽如人意。1998 年开春，甫到任的广东省委副书记、深圳市委书记张高丽在经过考察后，明确提出了“改造老东门，建设新东门”的构想，并提议老街的改造应定位为商业步行街；通过改造提升罗湖作为商业中心区的功能；同时要坚持高起点规划、高标准建设、高效能管理……

我们永远也不会忘记，在以后的日子里，李意珍（原罗湖区委书记，现为深圳市委常委、市委秘书长）和汤锦森（原罗湖区政府区长，现任罗湖区委书记）等区领导曾多次与张高丽书记等市领导一道，或顶着烈日，或披着寒风，或冒着梅雨……到东门老街视察，现场办公；几经深入研究和反复论证，终于绘就了具有巨大的历史与现实意义的老东门的改造和建设的宏伟蓝图。

随后，深圳市、罗湖区两级政府相继投资3.6亿元，对老东门进行大规模的改造——建设大军开进了老东门，推土机推走了百年陈旧，打桩机打进了新东门的根基，卷扬机卷起了新世纪的希望……

经过500多个日日夜夜的弃旧图新的全方位高标准的改造与建设，一期工程终于尘埃落定，在新中国成立50周年前夕——1999年9月26日隆重宣告正式开街！

在开街的日子里，四面八方的人群涌向了改造一新的老东门。哇！展现在人们眼前的——

是纵横交错的市政大道，是韵味古朴的风貌街，是绿荫掩映花榭迷人的休闲广场，是一座座一排排鳞次栉比、既具现代化气息又不乏岭南风采的或三四层或五六层、高低“搭配”相宜、布局错落有致、融古今为一体、集中西之大成的琼楼玉宇……

犹值得一书的是，在老街设置的巨幅铜雕壁画《老东门墟市图》。它以质朴而生动的景物造型，逼真的芸芸众生相，从不同的侧面、不同的角度、不同的层次，活现了老东门前清时期的繁荣鼎盛和商情民俗。站在这幅褐红色的壁画面前，浏览着那栩栩如生的艺术形象，世人不禁发思古之幽情，留怀老东门色彩斑斓的历史，从而更为珍惜璀璨绚丽的今天。

再瞻仰那始建于康熙年间、1998 年重建的“思月书院”。历史上，她曾孕育了多少“新安秀才”“宝安监生”“深圳贡士”呐！如今，她静静地肃立在东门南庆街西侧，一批又一批的书画作品在此展览，继续为深圳这方水土创造文明。

那“三百载风雨浇铸”的九千斤青铜世纪钟，凝重而宏浑，“古老”而恒新。人们不会忘记，在新世纪之初的 2001 年 1 月 22 日清晨，罗湖区委书记汤锦森为之敲响了第一声——这声音，是那么振奋人心！

如今，不论白天还是夜晚，数以十万计的深圳人、中外游客、商贾嘉宾，都络绎不绝地到老东门逛街、购物、休闲，那清新明快的环境令人更富于乐趣和雅兴，以致流连忘返——据报载，日客流量 30 万人次，节假日更甚，高达 60 万人次；年营业额近 50 亿元……百年东门呐，此日成了深圳这座新城的一道亮丽而独具特色的风景。

漫步于东门街的人们都掩饰不住脸上的春色，他们都笑逐颜开地交口称赞——

百年老街焕发生机，开街两年一派繁荣，真不愧为“深圳第一黄金大街”啊！

（2001. 10）

我在罗湖十八年

引言

每天早上，当我披着晨风，沐着朝暾走进罗湖区委大楼，步入那雅洁明亮的办公室上班时，我的心头总会涌现出一种温馨、幸福的感觉。在我们亲爱的祖国——中华人民共和国五十华诞即将降临之际，这种感觉愈益强烈。

此刻，当我静下心来时，掐指一算：哟，似乎在不知不觉之间，我到罗湖区工作已经整整十八年了。啊，我人生事业的“根”，已深深地扎在罗湖这块神奇瑰丽的土地上了。

十八度春风秋雨，所阅历的事情不少，可大都记忆模糊；然而，有几件事儿，却总是那么鲜活，历久常新，不时在脑际萦回……

一、初到罗湖

1981 年隆冬的一天，在深圳市文化部门任文艺编辑的我接到一纸调令，到新挂牌的罗湖区文化部门工作。其时，一同调往罗湖的还有廖虹雷、杨素、张小戈、黎乔筑、江汉城、张艳芬、萧慧芳以及雷作嘉、刘冰等同事。

当时，罗湖区委、区政府设在湖贝村前的一幢大楼里（即今之锦园招待所）。我要前往那儿报到。

我记得第一次踏上罗湖这块土地时，是在一个冷雨霏霏的早上。我打着伞自老东门行至湖贝路——这是一条建筑中的小路，宽不足4米，路面坎坷不平，泥泞污水秽物处处。我是挽着裤腿一步一跳躲躲闪闪地走过去的。道路两旁杂草丛生，禾稻萎靡；更有那一个个的臭水塘，蚊蝇嗡嗡嘤嘤：那一片落寞萧疏的景象，着实令人不忍卒视。我心里一凉：罗湖啊，罗湖！这就是我“重新起步”的地理环境么?!

几经艰辛的“跋涉”，我终于来到了那座五层高米黄色的区府大楼。我爬上五楼宣传部办公室。接待我的是早些日子从市文化局调来的，且已被任命为罗湖区委宣传部长的张玉城同志（他后来升任区委副书记，已逝）。也许他见到我一脸灰暗，神情不悦，遂笑声朗朗地请我坐在一张折椅上（办公室里还没有沙发），轻轻地拍了拍我的肩膀，叫我“少安毋躁”。已升任副部长的廖虹雷同志给我沏了一杯茶，哈哈一笑：“我们在市里是老拍档，现在到了罗湖还是要继续‘拍’下去。”张部长接着笑道：“罗湖区范围广阔（其时罗湖区包容了整个深圳经济特区），有320多平方公里，任我们纵横驰骋，大有用武之地哩。别灰心丧气，振作起来。‘天生我材必有用’嘛！”老廖又交代说：“目前，区政府大楼位置有限，区文化局、馆暂时设在解放路的市文化楼二楼，待人民路电影院旁那幢小楼修整好后再搬过去办公……”我频频点头，心里也踏实了一些。

告辞了两位领导，我又踏上了湖贝路，钻进迷蒙的雨幕中……

二、罗湖艺术团诞生时

深圳特区崛起之后，文化建设跟不上飞跃发展的经济建设的新形势。与此同时，港台电视、流行歌曲却似漫天迷雾笼罩着深圳城镇和郊野乡村；深圳，也被人讥之为“文化沙漠”。作为新一代“罗湖人”的我们，有勇气面对这种现实，也有责任改变这种现状。

于是，1982 年开春，在罗湖区委、区政府的极力支持下，由宣传文化部门牵头，决定成立一支业余文艺演出队伍——罗湖艺术团；先通过考试，招收艺术人才，然后建团。

领导一声令下，我们一帮子干部职工心里热乎乎的，齐声响应。

《罗湖艺术团招生简章》由杨素起草，廖虹雷修改审定。那时，深圳还没有公开发行的报纸，更无电视台，登不了广告，只好“自己动手”了。于是，我和黎乔筑、江汉城等人用毛笔将《简章》在米许大的白纸上抄写了几十份，连夜贴上了解放路和人民路等的深圳大街小巷。

我记得，那晚深圳老街很静、很静，在惨白色的水银灯下，只有三三两两情侣遮遮掩掩地经过，零零星星的单车铃声的脆响……斯情斯景，不由使我们心里纳闷：此《简章》究竟能产生多大的“轰动效应”？

然而，大大出乎我们意料之外的是，《简章》“面世”才三五天时间，前来报考的文艺发烧友竟逾200人之多！对此，杨素同志很有感触地说：“可见，特区青年的心是滚烫的，他们是热爱社会主义艺术的。沙漠，终会变成绿洲！”

考场设在区文化局、馆的办公室里，分为声乐、器乐、舞蹈和戏剧小品等试室。“主考官”有杨素、张小戈、黎乔筑、张艳芬和萧慧芳以及新近调入的广州星海音乐学院声乐系毕业生黄克等人。

对于舞台艺术，我基本上是门外汉。所以，考试那几天，我只负责茶水接待及造册登记什么的。尽管如此，我的心还是乐滋滋的。

“考官”们几经考核、筛选，从中录取了40名来自特区不同岗位的文艺骨干，作为罗湖艺术团的团员。

2月28日晚上，在罗湖区委楼下大厅举行了深圳建市以来第一支比较大型的业余文艺演出队伍——“罗湖艺术团”的成立大会。首任团长是能歌善舞丽质天生且颇有组织才能的杨素。会后，进行了汇报演出。区委书记叶澄海、区长梁平等领导同志都到会祝贺和观看演出。翌日，廖虹雷以《深圳罗湖艺术团应运而生》为题，写了一篇通讯，发表在《羊城晚报》上；该文不久即为中央文化部主办的《群众文化》杂志所转载。一时间，罗湖艺术团的名声响亮起来了……

深圳的“五一”之夜，美不胜收：香蜜湖的月影，文化公园的幽径，新安酒家的宫灯，罗湖商业区的霓虹……罗湖艺术团的首次公演，更给节日的夜晚平添一抹绚丽的色彩。

那晚，深圳戏院灯火明亮，座无虚席。罗湖艺术团以独唱、二重唱、舞蹈和曲艺等艺术形式，演出了国内一批优秀作品和《朋友，欢迎您到深圳来》《特区的小河》《罗湖桥，友谊的长虹》等自编节目。他们那富有特区色彩和民族风韵的精彩表演，博得了观众一次又一次的热烈掌声，演员们一次又一次地谢幕……

闭幕后，前来观摩的香港友好团体代表纷纷走上舞台，向艺术团献上花篮，热情祝贺他们首演成功；还希望他们到香港演出，把特区的文化艺术精粹带给香港同胞。深圳市委一位领导同志也登上了舞台，和团员们一一握手，照相留念，并且动情地说："你们的路走对了。我第一次看到了咱们特区自己的真正艺术！"

公演期间，我这个"门外汉"只好在台前幕后地奔忙，协助"后勤"人员准备服装道具什么的。但演出的盛况，感人的场面，却深深地印在我的脑子中了。不久，我奋笔疾书，先后在创办不久的《深圳特区报》和"老字号"的《广州日报》上分别发表了《艺苑春花》和《深圳河畔的一朵艺术奇葩》两篇文艺通讯。

翌年金秋，当罗湖艺术团首次赴港演出时，我又与廖虹雷等"秀才"组织创作了一个"罗湖艺术团赴港演出专辑"，在《深圳特区报》"大鹏"（后改称"罗湖桥"）文艺版整版隆重刊出，以表达我对艺术团的深深的爱。

三、创办《罗湖文艺》

针对"文化沙漠论"，继罗湖艺术团问世之后，罗湖区宣传文化部门的领导于1982年夏秋之间做出决定：创办一份有罗湖和深圳特区特色的文艺刊物，以普及为主，在普及中逐步提高，为业余作者提供发表作品的园地，培养文艺新人，繁荣我区的文艺创作。刊名就定为《罗湖文艺》。我和黎乔筑曾在《深圳文艺》（1981年底因故已停刊）当过编辑，因此，创刊的任务就自然而然地落到了我俩的身上。

发动作者投稿、改稿、画版，以及请省作协副主席、书法家韦丘先生题写刊名……经过个把月的紧张筹备，试刊号终于付梓。但考虑到本单位的经费问题，深圳物价又较高，如在这儿印刷，无疑会多花一笔钱。于是，乔筑就同我到广州、佛山等地，找了好多家印刷厂，比较价钱高低和印刷质量优劣，最后选定在位于佛山市区内的南海印刷厂印刷。

试刊为四开小报版，印了1000份，每份才一角多钱，加上交通费等，两三百块钱就搞掂了。

试刊出版后，给了读者一个惊喜：哟，罗湖区都有自己的刊物了。特别是业余作者，更是高兴，他们奔走相告，真诚地希望这朵文艺小花在改革开放的春风阳光雨露中、在特区的土地上，茁壮成长……

按照省新闻出版局的要求，我们办了“广东省期刊登记证”，《罗湖文艺》遂于1983年元月正式出版。其时，因为黎乔筑同志要主持单位的全面工作，日夜奔忙，无暇顾及编辑事宜，所以，从这一期起《罗湖文艺》就由我一个人编。为了区的文艺事业，我毫不犹豫地挑起了这副并不轻松的担子。

由于乔筑已带我开了一条“路”，所以，以后几年我一直跑佛山、奔南海。每年出6—8期，每期4—8版。之中有些细节，久而难忘：到印刷厂提出报纸后，离佛山汽车总站尚有一段距离，没有三轮车请，我便以最原始的方法——找条木棒挑着报纸去车站乘车。到广州后，再转乘火车返回深圳。有好几回，火车到了罗湖桥头，已是晚上九点多钟了，公共汽车已停开，“的士”又坐不起，我只好肩挑两大捆《罗湖文艺》，忍饥饿顶风寒一步一摇地赶回单位……

后来曾有人笑言：“《罗湖文艺》是老蓝用一根扁担挑出来的。”诚然，这一方面是善意赞赏我吃苦耐劳的工作作风；另一方面，人们透过这根“扁担”，不是可以窥见特区初办时文化部门那捉襟见肘的清贫境遇么？

……平心而论，一个人办一份刊物，是很辛苦的。虽是小报，可“麻雀虽小，五脏俱全”，从组稿、改稿到画版付印到发行寄稿费……一系列工作环环相扣，哪一个环节出错都不行。然而，领导和群众信得过我，作家、作者朋友支持我，我虽苦犹甘！

1988 年，根据有关专家的提议，区领导的认同，经上级出版部门批准，《罗湖文艺》改为《罗湖》（文艺双月刊），16 开本，64 页，封面、封底彩印。仍由我一个人编。这样，我的任务更加繁重了。但因有办刊多年的经验，又有相对稳定的作者队伍，加之当时的文化局长刘绍钦同志十分重视这份刊物，经常过问，从稿件内容到刊物导向、排版设计等，均给了我不少启示和指导性意见。所以，我工作起来还是比较顺心的。

发行量也不断增加，最多时曾达九千份。成千上万本刊物我当然挑不动，于是，有时单位就派车去拉，或请萧慧芳通过熟人用车帮我们运回深圳来，只给车主一点汽油费，并没有给单位增加多少经济压力。

1994 年以后，为适应新形势，《罗湖》杂志增强了编辑力量，改革了版面，更新了栏目，并在深圳印刷，设计、装帧都比以前靓多了，文章质量也比以往有所提高。特别是近年来，在罗湖区委、区政府的高度重视和亲切关怀下，通过全体编辑人员的共同努力，《罗湖》杂志又上了一个档次，版面显得更“大气”，内文更有文学品位，因而也更受读者的欢迎。

概而言之，从《罗湖文艺》到《罗湖》杂志，已出版一百多期，发表了大量的作家、作者的好作品（其中有一部分佳作还为省、市报刊所转载），为特区文艺百花园增添了姿彩。该刊也培育了一批文学新秀，他们从这里起步、成长，其中有相当一部分作者已参加了中国、省、市作家协会，在文艺界小有名气。他们，也成了支撑这份刊物的不可或缺的中坚力量。如今，《罗湖》杂志正以全新的姿态，向新纪元迈步……

并非结束的结束语

我在罗湖十八年。与我同来罗湖的那批同事，或上调，或“下海”，或出国，或退休……如今，仅剩我一人，仍然扎扎实实地踩在罗湖这片土地上。

对此，我并不感到“失落”，反而感到欣慰。

十八年来，我目睹了罗湖大地翻天覆地变化的实况，成了罗湖“旧貌换新颜”这段辉煌历史的见证人——我感到自豪。

十八年来，我只是尽了一个“文化人”、一个普通共产党员所应尽的职责和义务，干了一些力所能及的工作，而党和人民却给了我丰厚的回报，各级领导和群众对我倾注了深切的爱——我感到荣幸。

我今虽届“知天命”之年，但仍有信心“走进新时代”，迎接新挑战，愿为新世纪那异彩纷呈的文艺春天而鞠躬尽瘁……

（1999 年秋草就）

不说再见

时光飞流，韶华易逝。似乎在“弹指一挥间”，我在罗湖这片美丽的土地上，已经度过了二十二个春秋。“春花秋月何时了，往事知多少?”南唐后主李煜此词句未免失之感时伤事。而我，一介“老罗湖”，却是对这二十二度春秋无怨无悔，充满了无限情深深爱；对“往事”的回溯，自然春风般温馨、秋雨似的甘甜……

遥想当年，初到罗湖，举目皆是一片片的荒草地，一个个的臭水塘，一条条的泥泞路；还有那破败的村落，简陋的校舍，萧条的店铺；即使是新挂牌的辖治整个深圳经济特区领域的罗湖区委、区政府，其办公场所也是一幢那么不起眼而逼仄的小楼房……

然而，胸怀大志的罗湖人，领改革开放风气之先，在市、区历届领导班子的统率下，摧枯拉朽，硬是开创出一片新天地！

此际，当我漫步于罗湖大地上的时候，那以“地王”大厦为代表的直上云霓的超高层建筑群，那纵横交错坦荡如砥花树掩映的柏油大道，那簇新而异彩纷呈的中小学校园，那绚丽迷人的旅游度假村，还有那既有现代化气息又不乏岭南百年流韵的改造一新的老东门……如电影的彩色镜头似的纷纷映入我的眼帘，好一派生机勃发人气升腾的繁荣景象。

文化艺术也树绿花红，硕果满枝。歌曲《走进新时代》《更上一层楼》和《跟随你的队伍越走越长》，电视散文《那棵葱郁的高山榕》，小品《名记》《逃宴》和《口袋的秘密》，舞蹈《大鹏湾渔女》，以及近期创作演出的大型话剧《阳光地带》等一批文艺珍品，如雨后春笋般破土而出，并屡屡获得了国家级的金奖、银奖殊荣。

犹值得一书的是各种类型的艺术团体，如鲜花般盛开在罗湖的土地上。罗湖艺术团——深圳建市之初第一支大型的业余文艺演出队伍，已走过了21年的风雨路。她的艺术足迹，遍及深圳、珠江三角洲乃至千里岭南，并四度赴港演出，赢得了千千万万观众的赞赏，被誉为“深圳河畔的一朵文艺春花”。

罗湖摄影学会，为区文联属下的七个文艺协（学）会之一，会员数以百计。他们经常自掏腰包，跋涉千里，顶风冒雪地到新疆、西藏和云南贵州等地采风，创作了一批又一批的优秀作品，荣获了一个又一个国家级的，以至国际级的奖项。尤为难能可贵的是，他们在采风途中还捐资购买文具，帮助贫困山区的学童，展示了罗湖区文艺工作者的一片爱心……

区一级的文艺刊物《罗湖》（原称《罗湖文艺》），在区委宣传部、区文联和其他同志的共同努力下，也由最初的小报4—8版，发展到16开本；近年来，又由黑白版改为套色版，版面设计越来越美观、大气，档次逐年提高，其中有的作品还为国家级报刊所转载。该刊又积极配合区的中心工作，以图片等文艺形式热情讴歌罗湖两个文明建设的成果。展望未来，《罗湖》将更上一层楼，进一步适应时尚新风和文坛趋向，文艺之花益为鲜妍，更好地服务于特区、罗湖。

此外，近年来区委宣传部和区文联等单位曾多次在《深圳特区报》组织编发罗湖专版，举办文艺征文，还相继出版了大型画册《走进罗湖》和《西藏风光》等。文学作品集《罗湖这个地方》，歌曲集《颂歌献给党》也即将由国家级出版社出版发行……

这一切的一切，令曾被讥为“文化沙漠”的罗湖大地满目葱茏，繁花似锦。

今天的罗湖，已完全抹去了昔年的衰败、荒漠与苍凉，成了特区的骄子，深圳河畔的明珠，南疆天际的一道瑰丽的彩虹！

而我，一介“深圳土著”、文弱书生，也随着罗湖“与时俱进”，在这片土地上深深地扎下了根；在区领导的深切关怀和干部群众的真情帮助下，圆了一个又一个的梦——从破旧的斗室迁进了“腊腊靓”的三房两厅，子女先后大学毕业，走上了工作岗位；本人的政治地位和经济待遇也有了很大的提高，在文学创作上亦有了不少的收获……“罗湖是我家，我们爱罗湖”成了我挚爱特区的心曲，生命历程上长唱不歇的歌……

然而，毕竟岁月不饶人，大自然“新陈代谢”的法则不可抗拒——踏进罗湖这方热土以来，我由“而立”而“不惑”而“知天命”……剩下为我们心爱的罗湖做微薄贡献的年华，已经屈指可数矣。

可我并不自卑和伤悲。我坦然面对，不言“罗湖，再见!”——因为，罗湖的一切，都令我无限留怀眷恋，罗湖永远在我的心中。

忘不了，罗湖大地的明山秀水，一草一木。巍巍梧桐山，是那么伟岸；潺潺深圳河，是那么亲切；罗湖的人民，是那么淳朴，他们的传统美德和新时期的开放意识、创业的胆识，永是我行作的楷模；罗湖区的“父母官”，特别是近两三届的领头人，他们那“增创新优势，更上一层楼”的魄力和“以民为本”、关爱弱势群体的浓浓公仆情，每每令我敬佩不已；二十余年如一日，我所倾情钟爱的文学艺术事业，以及情同手足的作家、作者朋友，更是融进了我人生之旅……

此刻，当我披着晨风，沐着朝晖，迈向罗湖区委大楼上班时，巨壁上那行“罗湖是我家，我们爱罗湖”的鲜红而庄重的大字，又一次辉映眼前，照入我心，是那么亲切、温馨，令我感奋、动情，禁不住在心里头热切切地呼唤——

“罗湖，我不说再见！作为您沧桑巨变的历史的见证人，作为在您的辛勤哺育下一步一个脚印地前行的公民，我乐为您的千秋伟业竭尽绵力，奉献心智，鞠躬尽瘁……”

（2003. 8）

桃李芳菲四十春

执教四十春秋的全国先进教育工作者、深圳人民小学校长徐文，虽然年逾五旬，但仍一头青丝，脸色红润，腰板硬朗，给人以宝刀未老的印象。

我慕名造访她时，她却连连摆手道：“我是一名普通教师，虽然当了三十年校长，但平淡得很，没有什么特殊的贡献，有啥好写的呢?”

她未免说得过谦了。在我们的人民共和国诞生后的第二春，生长在东江河畔的姑娘徐文，便迈着轻盈的步子，登上了教坛。她掬心施教，不出十年，就被提为小学校长。在尔后的二十年间，尽管先是大自然的灾害，后是政治上的风风雨雨，但都未能使她偏离教育之路半步。

十一年前，深圳特区一诞生，她就伴着丈夫、携着孩子来了，投入到“开荒牛”的队伍中。起初，有人用厚薪优遇劝她改行，她婉言谢绝：“我爱教育，胜于我的生命。我这一辈子都和它结下了不解之缘哪。”于是，她决然落脚于人民小学。

其时，人民小学仅有十来间低矮破旧的平房作教室。地面低洼，四围污水倒灌，蚊蝇“应运而生”。这样的环境，着实有碍师生的健康和严重影响教学质量哪。

徐校长毅然下了决心：群策群力，重建人民小学！

于是，我们看到了一个个的动人镜头——

在炎威未减的初秋，她常常带领师生挖沟疏渠，清除校内淤积经年的污泥秽物；在朔风凛冽的寒冬，她的身影不时出现在市、区有关领导部门和四围单位的办公室，她，在进行坚韧的“游说”，请他们伸出援助的手……

于是，市、区领导被感动了，决定拨款建校了；许多单位也慷慨出资协建了……

“过去办不到的事，我们的女校长却办好了。”1984 年金秋，当银灰色凹字形的簇新的人民小学校舍耸立在特区的土地上的时候，老师们都从心底里向徐校长发出了由衷的赞叹。

倏忽七年过去了。在竞争激烈的特区环境中，为了把人民小学办好，不负市重点小学的称誉，她不断更新自己的思想、观念、业务，充实自己的学识，常常超负荷运作。她年年全勤，日程表上根本没有“假日”二字；儿女结婚，她也只是请假几个钟头。间或偶感风寒，她到医疗室抓几片药和水吞下，又匆匆返回办公室。夜阑人静，风云突变，她即披衣而起，顶风冒雨到学校逐间课室、逐个门窗地检查……

对师生，徐校长始终捧出一颗爱心，倾注着一片深情。教师住房条件差，她就“抓住分房前的每一个关键时刻”，一而再、再而三地向上级部门反映情况，尽力予以解决；为活跃教师的身心，她在学校举办文艺晚会、舞会，增置卡拉 OK，或利用假期组织他们参观、旅游、野营；她知人善任，鼓励自学成才，几年间，便使9位教师通过进修而获得了中专、大专文凭，从而提高了教师队伍的文化素质；她实施电化教育，紧抓教学质量不放，同时既注意培养优秀学生，又重视转变差生的工作，把“热爱差生，转变差生”作为考核教师的重要内容；不论教师或学生染病住院，她均亲临病榻前殷殷致候……

“领导对我们如此关心，工作再苦，我们心也甜哪！”教师们都动情地这样说。

“我们把孩子放在人民小学，一百个放心……”家长们亦兴奋地如是说。

所以，自1984年以来，人民小学的升学率均达100%；十年来，有600多人次在市、区各类学科和体育竞赛中获奖，在特区内的上百间小学中，名次数一数二，该校也连年跻身于先进单位的行列……

锦旗，金杯，鲜花……在徐文的眼前闪烁生辉。但她总是真诚地说：“这是市、罗湖区领导和教育部门领导对我的指导的结果呀。况且，我是一个共产党员，干好工作也是分内事啊。”稍停，她又神情凝重地说：“荣誉，只能代表过去。明天，一切又从零开始！”

啊，“雨露滋润满园绿，桃李芳菲四十春！”握别徐校长的时候，我心头蓦然冒出了这么两行诗句。

（1991.6）

第二辑

Chapter 2

艺坛写真

YI TAN XIE ZHEN

“山歌皇后”郑钢坚

乍一听郑钢坚这个名字，我还以为其人必定是男子汉哩。可一见面，站在我面前的竟是位娉娉婷婷风姿绰约的女性。“父母为我安这个名，是希望我这个女孩子意志如钢，在人生道路上坚韧不拔地朝前走……”

诚哉斯言！她原是梅州市山歌剧团花旦。这个客家妹 13 岁就考进了戏剧学校。在十多年的演艺生涯中塑造了许多感人的艺术形象。特别是在山歌剧《刘三姐》和《漂流新娘花》中，她以甜美的唱腔和出色的演技征服了行家和观众，一举夺得了广东省“百花奖”和鲁迅文学表演奖。1988 年，她主演的山歌剧《虹桥情》被搬上荧屏，在广东电视台播映。她饰演的许萍萍的形象及其歌声，不知打动了多少观众的心。嗣后，她又举办个人演唱会，把所得的赞助费和门票收入数万元，一分不剩地捐献给了残疾儿童。翌年，她的山歌磁带和演出录像带甫出版便销售一空。岭南地区的客家人都亲切地称她为“山歌皇后”。不久，她成为中国戏剧家协会会员和国家二级演员。

八年前那个金菊璀璨的秋天，小郑告别了潺潺流淌的梅江，来到了广厦林立仪态万千的深圳，落足在罗湖区蛟湖办事处。她，离开了舞台仍心系舞台，特别是客家山歌的神韵与魅力，总在拨动着她的心弦。当她多次收到台湾客家山歌剧团的邀请书时，她的心率加速：我何不把大陆的客家山歌唱到台湾去，以沟通海峡两岸炎黄子孙的感情？宝岛上可有400多万客家同胞呐。于是，在各级领导的关怀和支持下，去年11月下旬，她同梅州“山歌王”张振坤、“金桑妹”廖小容等一行五人飞往台湾。

小郑他们是以探亲的形式赴台的，为期一个多月。当台湾的客家团体获悉他们到来的时候，当即驱车迎接。时值初冬，天气转寒。台北崇正会理事长刘先生听说他们没带冬衣来，赶紧购买了一批毛衣，星夜送至他们下榻之处。盛情难却，小郑即亮开歌喉唱支山歌以致谢：

千年榕树共条根，客家本是同根生；千山万水难阻隔，隔山隔水心相连！

此后，小郑一行与台湾山歌剧团进行了多场的同台演出。当他们在国父纪念馆表演山歌剧《送郎过番》时，2000余观众何其动情！落幕后，祖籍梅州的何氏夫妇找到小郑，噙着热泪说：“你的歌声和乡音仿佛将我带回了几十年前的梅州，剧里演的事好像我前半生的经历啊！”后来，小郑他们演到哪儿，二老就跟到哪儿，把这出山歌剧观看了五回……

在演出的间隙，小郑他们举办了8期山歌演唱和戏剧身段表演艺术讲座。数以千计的学员来自台湾各县、市山歌班和客家会。

离开台湾时，前来送行的同胞对小郑一行依依不舍：“盼望你们明年再来啊！”

果然，今年孟秋，应世界客属总会高雄分会的邀请，郑钢坚作为深圳罗湖客家民俗文化团的一员，重上宝岛作文化交流演出。当她登上舞台字正腔圆地演唱《客家母亲河》和《采莲谣》，情深一片地表演歌剧《别离》等节目时，与她有一面之缘的观众都在直呼她的名字。而当她上次从台湾带回深圳、经团员范晓霞改编的舞蹈《姑嫂看灯》这回再现于台湾舞台时，观众们都备感亲切，掌声四起……

不久前，小郑的《客家山歌·四季情歌》盒带与CD又问世了。她那独具韵味的歌声，又从南粤人家的HiFi中飘出。这诚如广东电视岭南台日前播放她的专访时所说的：“郑钢坚，唱不完的歌……”

（1998.6）

“三栖”艺术家梅玉文

晚上，忽接一友人来电，说是中央电视一台正在播放罗湖电视艺术中心负责人梅玉文执导的电视剧《无悔人生》，挺动人的。我搁下话筒，急忙扭开电视机。果然，《无悔人生》那精彩的画面，那起伏跌宕的情节，一下子便扣动了我的心弦……

怀着敬重的心情，近日我拜访了梅玉文。

梅玉文，姓氏与名字都颇具女性特色。殊不知一见其人，却是一位身高 1.75 米的彪形大汉。在他那憨厚朴实的外表下面，却是一颗强烈搏动的艺术之心——编、导、演皆行，堪称“三栖”艺术家。

梅玉文来自山西太原，17 岁步入艺术圣殿。如今，30 个春秋过去了，他在舞台和荧屏上塑造了大大小小总共 60 多个层次不同、性格各异的艺术形象。其中在《年青的一代》《霓虹灯下的哨兵》《血总是热的》和《万水千山》等 20 多出大戏中，他都扮演主要角色。特别是在《西安事变》一剧中，他还担纲演出了毛泽东。至今，山西人仍念念不忘他当年所饰演的领袖形象，行家也誉之为“演得有血有肉，既富伟人风范，又具常人情愫”……

梅玉文在演戏的当儿，自学成才，导演了《救救她》《假如我是真的》《哥仨和媳妇们》等多部大型话剧。后来，他又去吉林艺术学院专攻导演。学成归来后，他又导演了《魔方》《十五的月亮》《活寡》等剧目，颇见功力。其中《活寡》曾参加山西省文艺调演，一举夺得表演奖等11个奖项。尔后，他又涉足电视，先后在《老不正经》《点火的人》《缉毒行动》和《无悔人生》等10部共43集电视剧中出任导演或副导演。其中大部分片子前、后期的分镜头、剪辑和录音合成等繁重活儿，他都实实在在而精雕细刻地干了。

梅玉文多才多艺，手中那支笔也挺了得。在1992年春离任山西省话剧团副团长而调入深圳的前后几年间，他就创作了电视连续剧《警钟》《缉毒行动》《点火的人》和《响水河的故事》等，小品《窗口》《不期而遇》《红绿灯》和《孟母断机》等，在演艺界颇有影响。

尤值一书的是，他导演的电视剧，都在中央电视台播出，并获好评。电视剧《杏林深处》、专题片《春涌罗湖》，以及戏曲《活寡》、小品《不期而遇》等，曾分别在全国、省、市荣膺多个奖项。他于1989年加入中国戏剧家协会，1990年加入山西电视艺术家协会（后转会广东）；他的名字和艺术业绩，也被收入《中国文艺家传集》。

尽管老梅已“成名成家”了，可他依然那么谦虚，在办公室，打水、扫地等琐碎事儿，以及外出拍摄时，扛机、擎灯等体力活，他都默默地干。他说：“只要是工作，咱都乐意干，没说的。”记得在摄制《春涌罗湖》等电视专题片时，他任导演。不论夏日炎炎，抑或风狂雨急，他都与同事们深入到罗湖辖区的机关单位、街街巷巷、山山水水，或进入警营军寨，或涉足边境农村，浓情如火地拍摄涌动于罗湖大地上的一片片“春潮”……

此际，梅玉文正着手“连编带导”小品《也想有个家》，准备于年底参加广东省艺术花会。我们殷切地期待着他再创佳绩。

（1996. 9）

歌唱是他第一生命

——访男高音黄勇

“马铃响来玉鸟儿唱，我陪阿诗玛回家乡，远远离开热普巴拉家，从此妈妈不忧伤……”这响亮甜润、清悠的边塞民族风情男女声二重唱，磁铁般地把满场观众吸引住了……“九点六三分！”当司仪汪菲小姐朗声宣布这首参赛歌曲——《马铃响来玉鸟儿唱》的得分时，观众席上顿时卷起了热烈的掌声……

这是日前在深圳罗湖文化公园“欢乐世界”舞台举行的“罗湖区首届职工家庭卡拉OK赛”中的一个精彩镜头。演唱者是黄勇和他的妻子蓝小红。这对风华正茂的伉俪，以最高分撷取了这届大赛的桂冠。有的观众激动地说：“他夫妻的演唱水平，真可与专业演出团体的歌唱家相媲美！”

黄勇出生于湘江之滨、岳麓山下。“芙蓉国”的秀水明山赋予他一个好身材、一副好嗓子。他现就职于我市洪湖中学，是一位英气勃勃的年轻人。他自小就对歌舞情有独钟，从小学到高中一直是学校的文艺骨干。1980年在湖南邵阳地区中、小学文艺调演中，他锋芒初露，以一曲独唱《我多么快活》夺魁。

1984 年金秋，他考入了湖南师大艺术学院音乐系，主修声乐，兼习舞蹈。由于他刻苦研习过不少中外名曲，并能博采众长，所以声乐进步很大，被称为“唱不破的男高音”，被冠以“金嗓子”之美誉。1987 年他以优异的成绩毕业后，分配到湖南娄底师专从事音乐教学工作。在工作期间，他仍坚持钻研声乐。晨钟暮鼓，朝晖夕岚，均可见到他研习不辍的身影。

黄勇说：“为了进一步充实自己，我于 1989 年 9 月考入了中国音乐学院歌剧系专家进修班，主修声乐，师从我国著名歌剧声乐教授张畴。”于是，他的声乐技巧飞速提高，特别是高声区，发展尤为突出。被视为“男高音极限”的超高音 hc3，他也能演唱自如。他掌握了大量西欧艺术名曲，并能用意大利语、法语、德语和俄语演唱。他还求教于中国音乐学院特邀而来授课的国际声乐大师、国际终身评委玛格丽塔（比利时人），使自己的发声和唱腔更有进步；又多方求教我国声乐权威张权、郭淑珍、沈湘和王秉锐等教授，因之受益匪浅，为他的声乐艺术打下了牢固的根基。1990 年 4 月，在全国第四届青年歌手大赛中，黄勇脱颖而出，以一首艺术歌曲《生命的星》倾倒评委和观众，赢得了“优秀歌手奖”。

进修结业后，黄勇返回湘江河畔，在歌坛上喜报频传：先后在湖南省“金芙蓉”杯大赛、中华卡拉 OK 大奖赛中获奖。

去年盛夏，他的目光投向了深圳特区。他说，深圳是个改革开放的新型城市，新鲜东西多，机遇也多，是挑战自己、体现人生价值的好地方。于是，他举家南下深圳，落足于洪湖中学，执音乐教鞭。

到特区不久，他就参加了罗湖区教师艺术团，荣誉与鲜花与之相伴：在艺术团代表罗湖区参加深圳市 1992 年“七月歌会”时，合唱《罗湖之歌》，他为领唱，荣获一等奖；男女声二重唱《美丽的家乡》荣获二等奖。10 月，在“一九九二鹏城金秋——深圳市文艺汇演”中，他又荣获三个演唱奖和一个舞蹈奖。他培养的一名学生，在去年 12 月罗湖区中学生“十佳歌手”大赛中，获得了亚军；在深圳市第二届中小学合唱节中，他辅导的学生合唱队亦先后荣膺罗湖区一等奖、市二等奖。

“二十多年来，我一直酷爱声乐艺术，视歌唱为我的第一生命。”采访临近尾声时，黄勇动情地对我说，“今后，我当在艺术道路上矢志不移地走下去——为自己，更为特区的莘莘学子。”

（1993. 10）

不懈的进取者

——记青年演奏家李元庆

不久前，在深圳大剧院沙都歌舞厅内彩灯闪烁，座无虚席。我国首次锯琴音乐会“中华奇韵——李元庆锯琴音乐会”在这里举行。深圳市青年锯琴演奏家李元庆左手执着一把普通钢锯，右手握着一根马尾弓在锯背上缓缓地拉动，于是，一首电视剧《红楼梦》插曲《枉凝眉》那如泣如诉的音韵，便如流水行云般飘逸而出。那优美的旋律，那极富民族特色的乐声，顿时拨动了观众的心弦……

李元庆是山西人，从小便喜爱器乐。他在念小学六年级时，因为扬琴奏得好，被北京军区某部文工团挑去成了文艺兵。在部队几年，他既当演员，又开坦克，还当过汽车驾驶员。后来，他复员到太原铜厂，成了该厂的文艺骨干。有一回，他参加业余文艺汇演，被山西歌舞剧院看中，调入该院歌舞团民乐队演奏打击乐。为了提高自己的文化素质，后来，他考上了山西大学音乐系，攻读作曲专业。

他在音乐系就读期间，始终不懈地探索和进取。他以现代作曲手法创作的音乐作品《沉思》和《回声》，在参加全国青年作曲家新作交流会时，深受我国著名作曲家朱践耳和音乐理论家王震亚的赞赏。他的毕业作品交响乐诗《黄河三部曲：泉·溪·浪》，被誉为“该届毕业生中的尖子作品”。大学毕业后，他被分配到一所高校担任助理讲师。由于他喜欢特区，便来到深圳，在罗湖艺术团扎下根，开始了新的艺术进取之路。

罗湖艺术团作为深圳市一个比较大型的文艺演出团体，演出质量的高低，乐队是个很重要的因素。身为乐队队长的李元庆，几乎把自己全部心血都倾注到队员的培训、排练和演出之中。因而不到几个月使乐队的素质得到了全方位的升华，艺术团的演出水准也有了很大的提高。

李元庆到深圳时间不长，作品颇丰。他的作品格调清新、抒情、优美。由他谱曲的《深圳少先队之歌》《中行之歌》，以及他为舞蹈《凉帽舞》所配的曲，分别荣获深圳市的一等奖、优秀创作奖和优秀舞曲奖。

为了圆那个演奏锯琴的梦，他于 1990 年慕名自费赴京拜中国著名演奏家王彭年为师，学习锯琴演奏技艺。他“闻鸡而起舞，月上犹未息”，几经磨炼，终于学成归来。尔后，他便运用自己在大学学到的作曲专业知识，和好友青年作曲家黄向明一起谱曲、配器，以音乐电脑程序创编出一套名之为《锯琴与乐队》的锯琴演奏曲目，由深圳海洋音像公司录制、珠海音像出版社出版、深圳宇宙录音公司发行，开创了我国录制锯琴音乐磁带盒之先河。接着，他“还要开拓，继续创新，实现美好的理想——开个人锯琴音乐会”。他的积极进取的精神，立刻得到中国音乐家协会、中国锯琴学会和深圳市罗湖区委领导的赏识，也得到了罗湖区音协和深圳一些企业单位的鼎力支持，于是，“中华奇韵——李元庆锯琴音乐会”便“应运而生”了……近日，世界锯琴学会的发起人和组织者查理·布莱克罗克先生在太平洋彼岸两次来函，邀请李元庆赴美参加于 1993 年 7 月在加利福尼亚州举行的“第七届世界锯琴节”演出。我们祝愿李元庆赴美演出成功，让那富有浓郁中华民族特色和感情色彩的锯琴音韵，首次在世界艺术舞台上飞扬！

（1993. 7）

小　雪

窗外，冷雨丝丝，海韵曼曼；室内，春气氤氲，轻歌悠悠——

在闪烁、炫目的五彩射灯下，一位身穿绛红色曳地绒裙娉娉婷婷的妙龄女子，手执黑色“咪”头，正在唱卡拉0K歌曲《再见亦是朋友》。她的唱腔是那么清婉、优美，而每当唱到休止符转句之际，扬声器便飘逸出她换气时短暂的“悉”的一声，颇有韵味。她那声情并茂的演唱，令观众不时发出赞叹之声……待她一曲唱罢，款款落座之后，我便同她聊了起来。

她说她姓祁，农历小雪出生，因名“小雪”，家居扬子江畔的一座小城镇。父母均是音乐学院的讲师，兄长则是歌舞团的器乐手。她就是在这样的“艺术之家”氛围中长大的，并且读到了中专毕业。

“那你怎么会来到深圳的?”我问。

“俗话说：人往高处走，水往低处流。”小雪沉吟了一会儿，但见她黑眸莹莹，粉脸流霞，情切切地说：“深圳是祖国的明珠，新型的现代化都市，举世瞩目啊！谁不想进来?”

“那你的工作同你的专业对得上号吗?”我不无疑虑地问道。

“对不上。可没有办法呀……”小雪说罢，突然眼眶泛红，颦眉垂首。接着便神色凝重地对我述说了这么一段不寻常的往事——

前年夏秋之交，小雪从舞蹈学校毕业出来。正当她的前路春风得意阳光璀璨鲜花烂漫的时候，一次车祸砸碎了她的玫瑰色的梦：足踝破裂了。“我的天，脚是舞蹈演员的命根啊!”她伤心透了，躺了一个多月的医院。出院时，脚跟竟肥大变形了，她再也不能跳跃飞旋了。这就意味着她同心爱的舞蹈艺术永远永远地“拜拜”了！她痛感愁云罩顶，江水呜咽……是家人温馨的抚爱和师长同窗深情的劝慰，才令她的生命之路得以延伸。安静下来后，她想：不能跳就唱吧。方针既定，她就在父母兄长和良师益友的指点下，夙夜不歇地练嗓子、学唱腔、习乐理。果然，“梅花香自苦寒来”，不到一年工夫，她那本来就颇有天赋的嗓音这下变得更婉转、更甜润了；不论民族民间歌曲，还是时代流行歌曲，她都琅琅上口，演唱自如了。此刻，她感到生命的浪花在她的眼前飞闪，青春的旋律在她的心穹奔动；韶华在呼唤着她，机缘在策动着她——“到深圳去！见见特区世面，干一点事业，体现自己的人生价值。”于是，她在去年秋天登上了南下的列车。她啊，仿佛张开了彩色的羽翼，扑进了深圳的怀抱，落足在风光旖旎的大鹏湾畔的一家宾馆歌舞厅……

“你在这里干得开心吧?”听她说到这里，我不由得关切地问。

“开心。深圳人的竞争意识和拼搏精神，时时都在激励着我；经理、同伴对我又挺关心，工资、待遇也不错，比内地强多了。”她嫣然一笑，说，“上班时，顾客点题，我就唱。我要以歌声愉悦观众，提高人们的艺术素质。业余时间我除了读点音乐方面的书籍外，就看琼瑶的小说，也看巴金的《家》《春》《秋》，还看点报纸……"

听了她的一席话，我为之动容。端详着小雪的姣好的面容，我忽然意识到了什么，遂问她："你唱歌以来，有顾客对你不礼貌，或提出非分的要求的吗？"

"这个……有。"小雪脸一红，小声说。

"那你……这么一个弱女子，怎办？"

"俗话说：'人爱面目树爱皮。'洁身自爱的道理，我懂。因此，对于那些惹不起的泼皮无赖，我的对策是：不予理睬，并投以轻蔑的一笑！"我"哦"了一声，暗暗赞好；又随口问她："你家里人知道你在这里唱歌吗？"

"我没告诉他们，只说在此做服务员。父母都是上了年纪的人，'传统'得很。当初我要来深圳，他们就不赞成，生怕我学坏了。他们对深圳不理解啊！如果我说自己在深圳歌舞厅唱歌，他们会神经质地想到旧社会的'歌伎'，这不把老人家吓蒙了才怪哩，哈哈！"小雪说罢，大笑起来。俄而，她又轻声道："以后，我会逐步令他们明白的。因为——用一句时髦的话来说就是：深圳毕竟姓'社'，而非姓'资'……"正说到这里，有个小青年点了一曲《明天会更好》。小雪对我说了声"回头见"，又拎着"咪"头，飘然登上歌坛，动情地唱了起来：

轻轻敲醒沉睡的心灵，慢慢张开你的眼睛……让和风拂出的音响，谱成生命的乐章……让我们的笑容充满着青春的骄傲，让我们期待明天会更好！……

(1992. 4)

第三辑

Chapter 3

娱乐升平

YU LE SHENG PING

乡音传深情

——罗湖艺术团赴港演出侧记

初冬，与深圳一河之隔的香港北区大会堂彩旗猎猎，群芳拥簇，一派节日的气氛。应香港北区文艺协进会和香港市政局北区委员会主席张权先生的盛情邀请，我市罗湖艺术团于 11 月上旬来到这里参加“九一北区文艺节”；作为“压轴节目”，于 9 日、10 日连演两晚，赢得了香港同胞的赞誉。

罗湖艺术团这次演出，其鲜明的特色就是“乡土味”浓郁。

“荔枝熟了，情爱熟了；荔枝甜，美好的生活更甜。”节目主持人潘永汉先生那爽朗明快的话音，引出了群舞《荔枝熟了》。张运权、范晓霞和周程彤等舞星款款登台。他们那轻曼的舞姿，配以田园韵味十足的民歌和乐曲，牢牢地吸引了全场观众。舞坛新秀张雯和邱平领衔表演的舞蹈《沙井蚝妹》，以一首《蚝歌》贯串始终：“南海沙井沙浪沙，蚝儿爱花花飞花，浪花丛中是蚝妹，甜歌一唱醉万家。”加之那饶有蚝乡风情的服饰、道具、布景，和演员们的生动活泼的表演，引起了观众浓厚的兴趣。由青年舞蹈家符史安和梁为民、于安国等担纲表演的男群舞《赛龙夺锦》，则粗犷、豪放、激烈、跳跃；那急促的鼓点，那飞溅的浪花，奋进的龙舟……形象地描绘了粤港人民端午赛龙舟的动人情景，体现了劳苦大众坚韧的性格和拼搏进取的“龙骨精神”，是一曲力的礼赞。此外，女高音张梅梅演唱的客家山歌，男高音张曙光演唱的民歌《赞歌》和《乌苏里船歌》，粤曲新秀王显明和简丽华演唱的粤曲《分飞燕》，男高音关鉴演唱的流行曲《相逢在雨中》《失恋》，女高音王建红演唱的《美丽的西班牙女郎》，以及邱新春用二胡演奏的电视剧《红楼梦》插曲《枉凝眉》、内蒙草原乐曲《赛马》和歌舞《美好的祝愿》，也受到观众的热情赞赏。

一些幽默、谐趣和富有神奇色彩的节目，亦引起了强烈的反响。有“舞台怪杰”之称的赵强所表演的“鸡鸣”“鸭叫”“轮船起航”“列车鸣笛”以及“小鸟恋语”等的口技节目，惟妙惟肖，几可乱真，博得了数千观众的不绝的掌声和欢笑声。著名魔术师刘学武在众目睽睽之下让人把一张港币烧成灰烬，尔后又奇迹般地使纸灰“复原”。他那出神入化的表演，令观众心服，连称他是“深圳的神奇人物”。

还有一段小插曲——罗湖艺术团应邀派出部分演员参加了香港北区文艺节“青少年绘画比赛”颁奖联欢会。青年演奏家李元庆以其精湛的锯琴技艺演奏了《别亦难》等乐曲，舞星刘春燕等以其轻盈优雅的舞姿表演了双人舞《回娘家》……为罗湖艺术团的整个演出增添了一层绚烂的亮色。

乡音传深情。罗湖艺术团的精彩演出，使香港同胞情动于中，北区文艺协进会赠送了锦旗；张玉轩会馆、张权先生、张人龙先生等则献上花篮致贺……

（1991.11）

联袂演出　深港情浓

——罗湖室内乐团赴港演出侧记

1997 新春伊始，祖国内地第一支文艺演出队伍——罗湖室内乐团，带着深圳人的情和爱，以及对香港回归的渴念，跨过潺潺流淌的深圳河，前往香港大会堂与香港岭南音乐团联袂举办了“中外名曲音乐会”。

元月下旬的一天下午，港岛上空层云飞渡，维多利亚海湾惊涛拍岸，香港大会堂剧院却充满了春的温馨、春的色彩。当罗湖室内乐团团长兼指挥王大强先生和该团 16 位年轻演奏家登台亮相时，观众席上即刻爆发出一阵海涛般的掌声。他们首先演奏了意大利著名作曲家维瓦尔第标题音乐的代表作协奏套曲《四季》之“春”“秋”。乐声响起，春秋景致融为“音画”。观众先是犹如感到春风拂面，百鸟欢鸣，群芳竞艳；继而仿佛置身金风飒爽，流水淙淙，喜庆丰收的意境之中。领奏张杰技巧娴熟，热情奔放，与乐队配合默契，如鱼得水。观众在屏声静气地听，细细地品味；没人交头接耳，更无喧哗、BP 机和“大哥大”以及嚼零食发出的噪音。文明的香港和来自外国的观众全都在聚精会神地欣赏高雅艺术的真谛……接下来是罗湖室内乐团最年轻的乐师王倩小姐钢琴独奏舞剧《鱼美人》选曲《水草舞》。袅袅琴声真切地描绘了水草在海底漂动，鱼美人曼舞其间的动人情景。演奏充满朝气和活力，音色优美感人，甚得观众喜爱。最为扣人心弦的则是中国最优秀的小提琴协奏曲《梁祝》的演奏。乐曲开始，在轻轻的弦乐震音背景下，模仿笛声的引子，依稀呈现出一幅风和日丽春光明媚的图画；乐曲渐渐展开，那音韵，那乐彩，千古凄绝，哀婉动人。特别是《楼台会》一段，演奏得十分出色，荡人心魄；环环相扣，高潮迭起，把观众融入无限美妙的音乐世界之中。观众凝神谛听，情绪随曲起伏。安涛小姐的领奏音质甜美秀丽，富于表现力，尤令观众倾情。曲奏罢，掌声雷动。尤其是几位外籍观众，竟动情地连称“OK!!”“That is great!”——中华民族音乐的魅力，强烈地震撼着外国人的心扉呐。

中场休息十分钟后，香港岭南音乐团的女高音歌唱家徐惠芬在深港双方器乐师的伴奏下，演唱了《东方之珠》《涛声依旧》和《月光光》等民族民间歌曲。她音域宽广，音色清脆亮丽，颇能将美声唱法融汇到民歌唱法之中，受到观众的热烈欢迎。嗣后，她又和特邀而来的香港女高音歌唱家梁红合唱了《含苞欲放的花》和《长城长》等歌曲，并与男高音李新添一道，男女声二重唱《春暖花开》《哎哟，妈妈》和《敖包相会》等中外名曲。在演唱过程中，热情的香港女观众走到台前，把一束又一束艳丽的鲜花奉献给演员，平添了欢快的演出气氛。最后，在观众长时间的热烈掌声中，徐惠芳、梁红和李新添三人合唱了《我的祖国》。他们那声情并茂的演唱，把音乐会推向了高潮。

“……这是美丽的祖国，是我生长的地方；在这片古老的土地上，到处都有明媚的风光……”深港首场“中外名曲音乐会”降下了帷幕，然而，这深情的歌声，却久久地萦绕在香港千万观众的心间。再过一百多个昼夜，香港就要回归祖国怀抱了，这歌音乐韵，将会随着他们飘向那美好的时刻——璀璨的1997年7月1日的黎明！

（1997.3）

乡音袅袅两岸情

不久前一个秋阳澄明的日子，阿里山颜开，日月潭绽笑——来自祖国大陆的、深圳建市以来的第一个赴台文化交流团体“罗湖客家民俗文化团”，在深圳市委常委、罗湖区委书记王顺生的高度重视下，在区文化局长兼团长李天明的率领下，踏上了宝岛台湾。

当他们从飞机舷梯走下来时，世界客属总会高雄市分会的理事长和众乡亲便举起欢迎横幅，疾步迎了上来。热烈的相拥，紧紧的握手，殷切的问候……那颗颗晶莹的泪珠，在这群炎黄子孙的眼眶里滚动……

随后是历时 12 天的 8 场频繁的演出。文化团的足迹印遍了高雄、屏东、苗栗、新竹等市县，以他们优美的舞姿、动听的歌喉，向骨肉同胞表达数十年来的无限牵挂之情。

“隔山隔水唔隔音，各姓都系龙传人”“千年榕树共条根，弹唱跳念为知音”——那客家乡音是多么的亲切！那亮丽的歌声是何等的深情！还有那《客家母亲河》的可人唱段，歌舞

《采莲谣》的江南水乡秀色，舞蹈《姑嫂看灯》的活泼谐趣韵味……令观众触景生情，勾起他们对祖国大陆绵绵的思念，深深的乡恋。许多观众一边看演出，一边抹眼泪。有一位果农，夫妻双双观看了演出后，心潮久久不能平静，星夜驱车几十里，找到罗湖文化团的住地，捧上他亲自栽种制作的甜甜的梅子罐头，请演员们品尝。他们诚恳地说，今后“多来台湾，多作文化交流，让台湾人民了解大陆文化，增进两岸同胞的感情”。一些民间文艺团体还给罗湖民俗文化团献上了一块块金光闪闪的奖牌哩！

为了搞好这次民俗文化交流活动，罗湖文化团的同志起早摸黑，天天转点，马不停蹄。有的演员白天赶路，晚上扎针，抱病坚持演好每一个节目。“不能给祖国大陆丢脸，要给深圳特区争光！”这是他们的信念。李天明团长既是业务主管，又是“后勤部长”。他不顾自己感染风寒之躯，对演出和民间交流的每一个细节都关照备至。

“孩子离不开亲娘，台湾离不开大陆。”就要告别宝岛了，飞机即将起飞了，前来送行的客属总会高雄市分会的理事长们紧握着李团长和团员们的手，噙着热泪情真意切地说。

祖国统一的那一天一定会来到的，再见吧，美丽的宝岛；再见吧，亲爱的同胞！——当航机穿云破雾呼啸着飞上蓝天时，罗湖客家民俗文化团的同志都从心底里发出了深情而热切的呼唤……

（1996. 9）

花团锦簇竞争妍

——市首届戏剧小品大赛散记

“尽管戏剧的大气候目前在我市尚未形成，但戏剧小品却似乎令人难以置信地为广大观众所欢迎、所注目。”日前，在探讨我市戏剧小品的动态时，一位戏剧界人士动情地如是说。诚然，戏剧小品之所以能在舞台上、荧屏里长盛不衰，表现了顽强的生命力，主要在于它的题材大多取自凡人琐事，贴近生活，直抒胸臆，短小精悍，符合现代生活节奏。由市文化局、罗湖区文体委和文化馆联合举办的深圳市首届戏剧小品大赛生动、形象地印证了一点。

7月下旬，当《深圳特区报》刊出即将举行市首届戏剧小品大赛的消息后，罗湖、南山两区的办事处、驻深部队、边检、市公安局、市属部分企业及个人，均踊跃报名参赛。在很短的时间内，大赛组委会便收到了数十个参赛剧目。这些剧目，大多数以反映特区的改革开放为题材，同时涉及一些敏感而重大的社会问题，如商德、吸毒、股票、伦理和爱情婚姻等。特别是把深圳百万打工仔打工妹作为描写对象，让他们理直气壮地登上舞台，更是值得称道。

经过初赛，遴选出的8个剧目已在深圳大剧院进行了决赛。由边防检查站郭飞编导的《进城路上》，描写了修单车个体户二狗子在进城路上，居然“敲”了一位与之结伴而行的武警战士的“竹杠”，后来通过一系列戏剧性的情节，武警战士晓之以理、明之以义，以活生生的事实对二狗子进行了商德教育，使之幡然悔悟……作品极富现实性，且刘军和杨小明两位演员演得亦庄亦谐，惟妙惟肖，自始至终紧紧地扣住了观众的心弦，撷取了本届大赛的桂冠。由张福生编剧、罗湖区黄贝办事处演出，荣获二等奖的《朦胧境界》，则是一曲对人民教师的深情颂歌和对打工仔的热忱的礼赞。作品饶有哲理，让人回味无穷；灯光、布景也别具特色，颇有蒙太奇意蕴。教师柳芸的饰演者白荻，演来投入、真诚、深挚，逼真地塑造了一位“用知识丰富孩子的心灵”的动人的园丁形象。由刘爽编导、罗湖区南湖办事处演出并获二等奖的哑剧小品《爱情三部曲》，又别出心裁。表演者谭秀梅和郭雪淞以“无声的语言”，形象化的动作、眼神、仪态，把一对恋人从痴迷迷的“初恋”，到既有欢娱又有纠葛的“婚后”，到但愿天长地久的“老年”，表现了各个阶段不同的心态和神韵。整个小戏一波三折，高潮迭起，人物幽默风趣，把满场观众都迷住了……

“花团锦簇竞争妍。”这届戏剧小品大赛开繁荣我市戏剧创作风气之先，不独题材广泛，内容多彩，而且涌现出一批剧作和表演新秀。

（1992. 9）

斑斓艺术入目来

初秋一个风清日丽的周末上午，我携着女儿翠钰前往罗湖文化公园游玩。一进门就被里面的一幅幅美丽而奇特的景观吸引住了——原来是“’96 中国京剧脸谱大地走红艺术展”在这里举行。

“哇，这么多小伞子！”小钰顿时欢呼起来。

真的，放眼望去，在花影绿荫之间，数以万计的红伞、黄伞、蓝伞……点缀其中，有的挂在树梢，有的立于花丛，有的插上栅栏，各式艺术造型，色彩缤纷，飘然入目。

“爸爸，您看——那两条龙，好大，好长，在玩一个大球子哩！”孩子又手舞足蹈地叫着。我纵目望去：左边是一条“金龙”，右边是一条“火龙”，两龙中间是一个红黄相间的彩球。但见龙首昂扬，龙身翻波，龙尾曼舞；栩栩如生，宛然欲飞。这二龙戏珠，全是用小彩伞重叠缀成。我微笑着对女儿说：“嘿，那是‘双龙戏珠’呐。”观赏了一会儿，我便牵着她的手，走到一个大花坛前。

“那是‘孔雀开屏’!”女儿用小手指着花坛边上一个巨型孔雀，笑脸盈盈地嚷道。我满心欢喜地对她说：“我的乖女说得没错。呀，你瞧，多大、多靓的孔雀喔！都是用彩伞叠成的。”“我在《动物世界》那本书里都见过啦。”小女的脸上写满了自豪与欢乐。

沿着公园的小径，我与孩子边行边看，撒落一路笑声。

“哎，爸爸，那是什么?”女儿指着路边的一排排五颜六色的脸谱，惊奇地问。

“那是京剧脸谱，是咱们祖国的国粹。”

“国粹?”女儿闪动着一双黑葡萄似的眸子，一脸惑然。

“国粹就是瑰宝——宝贝!”我赶忙说。接着，我轻声细语地告诉孩子，京剧、国画和中医被誉为中华民族“三大国粹”；京剧是祖国文化百花园中最美丽的一朵传统艺术之花，咱们后代人要好好继承它、爱护它，并且发扬光大。女儿津津有味地听着，一会儿，她说：“我也听老师讲过京剧表演什么的，可从没见过这种脸……脸谱。”

“爸爸讲给你听吧。”说罢，我指着一个手持青龙偃月刀威风凛凛的红脸美髯的脸谱对她说：“那是关公，即关羽关云长。我们在电视剧《三国演义》里不是见过‘他’么?”

“嗯。是见过的。”女儿笑逐颜开地应道。

“那白脸长须的是曹操，那黑脸粗眉的是包青天，那紫脸的是……啊，是常遇春，明朝的开国功臣名将。”我边指点边说，“小钰，你看那边小土丘上的十几张脸谱，那是北宋杨家将啦!铁甲长髯者是令公杨业，白发苍苍者是他的夫人佘太君，其余7位男子是他的儿子。他的小儿子杨七郎最有特色。你看他：剑眉倒竖，虎目圆睁，英气勃勃……还有两位女英雄：穆桂英和杨八妹，都是抗辽御敌的名将啊。”

女儿听了我的一段解说，抿了抿红嘟嘟的小嘴，神情有点肃然。

我带着女儿继续往公园腹地走——去领略“天女散花”的风韵，“蟾宫玉兔”的神奇，脸谱艺术的魅力……

（1996. 9）

第四辑

Chapter 4

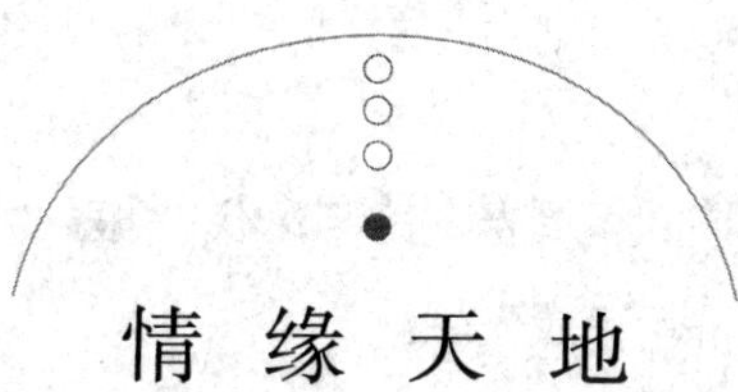

情缘天地

QING YUAN TIAN DI

桑榆家国情

马年春节期间，笔者走访了清代“振威将军”赖恩爵的第六代孙、老华侨赖荣茂先生。

那天上午，蓝天丽日，春光融融，东风轻拂，深圳大鹏古城弥漫着浓郁的节日气氛。赖老先生家居乃一幢三层小楼，庭院花木扶疏，楼阁古色古香；大门一副鲜红的“赖府祖联”分外耀目：“承天开泰运；厚泽迓鸿庥。”在一间雅洁明净、飞花点翠的小会客厅里，老先生夫妇盛情接待了我。

话匣子首先从其祖“三代五将”处开启。茂伯说，清朝道光至咸丰年间（1821—1861），赖家三代共出了5位将军——赖世超、赖英扬、赖信扬、赖恩爵和赖恩赐，尤以恩爵最为驰名。道光十九年（1839）九月上旬，赖恩爵所指挥的水师和九龙山炮台，在“九龙海战”中重创、击沉入侵的“英夷大兵船舰”1艘，击毙、击伤其官兵十余名，打响了中国近代史上反侵略的鸦片战争之第一炮。捷报到京，道光皇帝即颁旨赏恩爵红顶花翎，授“呼尔察图巴图鲁”（英雄、勇士）称号，由参将晋封为副将。后恩爵历大小战事30余次，皆骁勇善战，遂晋升为广东水师提督，封一品官衔，道光皇帝还御笔题封“振威将军”，并赐“七龙二爪蟒袍”朝服一件，以彰其志，以表其功……

作为抗御外侮英雄的后人，忆及先祖的勋业时，荣茂先生的脸上不禁焕发出自豪与荣耀的光彩。他出生于战乱频仍的20世纪30年代初，18岁到香港一家酒店打工，后被引荐至一社团任书记、秘书之职。闲来习文，有感于当时的社会现实，作品以反映劳苦大众的疾苦和追求为主旨，在香港多家报纸发表。1966年秋远渡重洋到英国谋生，开外卖店、餐馆。80年代初，协助当地侨胞创办了“朴次茅斯华人协会”，先后出任秘书长、副会长、会长等职，并为该协会主编《特刊》，为侨居英伦及其他海外地区的华人的福利权益和团结互助鼓与呼。

“但得夕阳无限好，何须惆怅近黄昏?”退休后，茂伯除继续为华人协会奔忙之外，还倾其六年之心血，编撰了《大鹏赖氏世系简谱》，以弘扬民族正气，为“深圳之源”大鹏城的开发、大鹏古城博物馆的创建，提供了大量很有价值的文物史料。他情牵祖国，心系故园，几乎每年都组织一个“回国观光团”，让海外游子登长城、访故宫、爬华山、游西湖、观浦东、赏冰城……使祖国的锦绣河山在侨胞的心中永驻。他还为“粤赣湘老战士联谊会”、鹏城小学和鹏城老人活动中心赞助了一笔又一笔的款……

近年来，每逢新春佳节，他总要偕同夫人回乡欢度。吃罢团年饭，两老便在乡间信步流连——大亚湾核电站的雄奇，大鹏工业区的宏伟，鹏城花园的美丽，十里海堤的壮观……令他目不暇接。眼见家乡日新月异的变化，他从心底里发出了由衷的赞叹："祖国的改革开放政策真是好啊!"

如今，赖先生已届古稀之年，可脸色红润，身板硬朗，神采奕奕。临别时，他紧握我的手，动情地说："托邓小平的福，我要活到100岁，看着我们的国家跨进世界强国的行列。作为侨居海外的炎黄子孙，我们脸上也有光呐；亦不负先祖'三代五将''国强民富'的愿望了!"

（2002.3）

38 年深圳人

宝婵婶，原籍深圳市龙岗区葵冲镇。38 年前，她携儿带女改嫁给了在深圳水库边沿一间小学教书的赖老师，定居在布心村。说起家世和这数十年的风风雨雨世事沧桑家境变迁，这位客家大婶的心里充满了感慨，她那并不显老的脸上时而乌云密布，时而万里晴空……

“我本姓黄。小时候，听阿公阿婆讲，我们的祖宗在陕西也就是你们有文化的人所说的中原地区。大约在秦朝末年，由于经常打大仗，没有办法过日子，我们的祖宗就全家一路爬山过水，一边乞食一边寻地方落脚，结果就来到了福建，在厦门附近一个小村子定居下来。那时，当地人把我们的祖宗当客人看待，年长月久，就被叫作‘客家人’了。”

宝婵婶的祖宗几十代人在福建生生不息、劳作繁衍，逐渐形成了一个庞大的黄氏家族。直到清朝康熙初年，因避战乱和钱粮苛税，黄氏其中的一支辞别宗庙，南下广东惠州城郊一个村落客居。到了乾隆年间，才迁至如今的葵冲镇坝光村落户立祠。三百多年来，黄氏这一脉也衍生成几十户一百来口。宝婵婶年轻时，是坝光山村里的一枝红石榴，又爱演戏唱歌，曾扮演过歌剧《牛郎织女》里的织女、《送郎参军》中的村姑哩！

“我是19岁那年出嫁的。不是我讲大话，当时向我求爱的青年有成排人；但是，可能是命运的安排，结果我还是给那个长相不怎么样，但却满嘴甜言蜜语的蓝屋人俘虏了。”讲到这里，宝婵婶轻轻地笑了一声，“我嫁了蓝屋人以后耕田作地、养猪放牛、砍柴割草，什么功夫都拿得起放得下，家婆姑嫂满意，邻居乡亲夸赞。我还当了两年妇女主任，为村里大伙儿的事出了不少力流了不少汗哩！”说到这儿，宝婵婶的脸上洋溢着自豪的神采。

“唉——”宝婵婶忽然长叹一声，“大约是1960年吧，‘公社化’吃大锅饭几乎连谷种都吃光了，就吃番薯藤、萝卜苗，甚至上排牙山挖‘黄狗头’煲来吃。我丈夫吃得脚肿肚胀，生生地倒下去了……这样，挨了两年，国家形势有了好转，我和一对儿女才得以死里逃生。那时，我二十三四岁吧！经过亲戚的搭桥牵线，我认识了老赖。我见老赖是个白面书生，又是教书先生和老老实实的客家人，还是童子身，最重要的是也不嫌我拖儿带女的，我一点头，就改嫁给他了。临出门那天，我一手牵儿一手拉女，齐齐跪在原家婆的面前，哭了一场又一场啊……”

宝婵婶改嫁到深圳布心赖老师的家时，家不过是破屋一间。后来，他们又添了一双儿女。赖老师一个月工资才三四十块钱，宝婵婶在生产队一个工日也只是几毛钱，一家七口，生活得非常紧巴。“文革”时，老赖的书突然就教不下去了，还没日没夜地挨批挨斗。宝婵婶也被“勒令”去参加什么“斗私批修”学习班，实际上是要她同老公“划清界限”。“老赖老老实实地教书，对我和我前夫所生的孩子又那么好，他有什么罪呢?！讲他是刘少奇的黑爪牙，简直是生安白造、害人！唉，那年月，有理都讲唔清，也无处讲，不让人讲。”宝婶婶愤然道。

那时，村里经常有人偷渡去香港，青壮年都几乎跑光了。可他们夫妻没有跑，他们的孩子们也没有跑。他们一家留在布心这块土地上默默地耕种，默默地打发日子，冥冥中仿佛在等待着什么，企盼着什么……

冰消春暖。终于盼来了改革开放的滚滚春雷，终于盼来了深圳特区的崛起。在由农村向城市转变、农民向工人转变的伟大历史变革的涨潮中，布心村犹如一艘乘风破浪的风帆船，一日千里地行进着。

“真系谢天谢地啰！我们一家人都赶上了好日子。”宝婶婶的脸色由阴转晴，掩饰不住心头的兴奋，“只觉得好像一眨眼的工夫，哗啦啦一下子，满围村又破又烂的泥砖屋都不见了；又呼隆隆一下子，一排排一座座又新又靓的房子就从平地上冒出来了。我们的家呐，也‘紧跟时代新潮流’，建了两幢四五层高带小花园的房子。一幢自家住，一幢租给人家做来料加工房，每年的租金除去交税，都有三几万哩！几个孩子也争气。两个女儿都嫁了好人家、好老公；两个儿子也有工作做，都结婚成家了。我这个做阿婆的，和退了休做了阿公的老赖，几十年同甘共苦，如今的日子越过越滋润，真是像老古言语所讲的‘纳福纳寿’啰！现在细细想来，我们客家人旧阵时到处漂流，如今总算落地生根，赶上好时年，这都是托邓小平的福，托特区的福啊！”宝婶婶说到这里，脸上笑开了花！

（2001.8）

鹏湾之女

有一首赞美大鹏女子的“大鹏山歌”唱道：“新打花边芽打芽，娶妻爱娶大鹏嫲，爱心一片人称赞，勤劳孝顺会持家。”何以为证？本文仅列大鹏湾畔数女子人生亮丽风景之剪影，就教于读者诸君。

小　菊

那天下午，她似一缕春风，一抹流霞，飘进了大鹏新区某港资服装厂的办公室。她微微垂着头，粉嫩的脸蛋荡漾着两朵红云。她理了理一绺下垂的秀发，定下神来，迎着老板那两束热辣辣的目光……

她名秀菊，因为长得小巧玲珑，人们都称她为“小菊”。她是大鹏人，去年秋天，经人介绍，又通过笔试口试，进了大鹏湾畔这家服装厂当车衣工。飞针走线，这本是女儿家的拿手好戏，加上她勤于钻研裁缝技术，所以半年后她经手的服装，不论是什么型号，也不管是中装西服，合格率总达百分之百，数量也首屈一指。因而她成为该厂女工中的佼佼者。香港老板陈生知道此事后，大为高兴，亲自召见了她，声称要打赏一个大大的“红包”给她。

陈生是一个二十八九岁的年轻人，潇洒，正派，精明能干。他原籍宝安，早年出港，随父做服装生意，挣得了一份几百万的产业。数年前，他来深圳大鹏投资办厂，除了看好新区、出自拳拳赤子心之外，尚夹了个“小算盘”：要找个模样儿好，又心灵手巧的大鹏妹当他的“贤内助”。他常在人前说，大鹏姑娘心地好，靠得住，对他的事业有好处。经过一段时间的“暗中侦查”，他已“相”中了小菊。平时，他常在小菊工作的车间转悠，不时用眼瞄她。小菊不知他葫芦里卖的是什么药，还以为老板是特意来巡查生产的，于是把头埋得更低，干得更缜密，弄得陈生“插针无缝”……这回小菊脱颖而出，成为厂里的“新闻人物”，他遂名正言顺地召见了她……

“嘀嘀，你就是秀菊小姐?”陈生做了个“请坐”的手势，眉毛眼睛都是笑，并亲手把一杯香茶捧到她的面前。小菊接过茶杯，轻轻地放在茶几上：“谢谢！请问，老板找我来有什么指教?”

“啊……嘀嘀!”陈生笑了两声，呷了一口茶，清了清嗓子道：“根据最近各车间统计上来的生产数字，你名列前茅。我……”话说了半截，停了下来，只是笑盈盈地看着小菊。小菊被他看得有点不自在，忙伸手端起茶杯，轻轻地吮了一口，小声道：“按件计酬，多劳多得，这有什么?”

“对！对!”陈生频频点头，“你成了全厂员工学习的好样儿啦。我代表厂方奖赏你3000元！”

“这……没听说厂里有这个规定。”小菊咂了咂薄薄的嘴唇，沉吟了一会儿道，“老板的好意，我心领了。”

“不，不！小菊你不必太客气。”陈生急忙从内衣袋里抽出三张“腊腊”响的“黄牛”——千元港币，放进了一个印着“恭喜发财”金字的红包里，递了过来，“小小心意，你就收下吧！”“别，别，我只是做了分内事……”小菊执意不肯收下。陈生表面不悦，内心可很高兴：这个大鹏妹不贪钱，真系难得。于是对她更爱慕了。他收回红包，试探着问：“小菊，你除了个人工薪收入之外，男朋友还经常给钱你吧？”“不……不！”小菊慌忙摇头，脸上一阵绯红。她刚二十出头，忙于创事业，还未“拍拖”哩。

噢?！陈生似乎猜到了这点，心中益喜。他又呷了一口茶，红着脸说：“我观察你好几个月了。我觉得，你是我理想中的……我好想、好想同你交个朋友。”

小菊一愣，默然片刻，忽然明白过来，脸“唰”地红到了耳根，颤声道：“其实……我一个打工妹，哪高攀得起?”

“大鹏与香港，两地心相连。从广义上说，你我都是乡亲，正所谓‘美不美，乡中水；亲不亲，故乡人’，何必分彼此、论贵贱？我们就携手同心，共创事业，走向美好的明天吧！”陈生神情凝重地说。

“随缘吧！”小菊羞赧地抿嘴一笑，扭转身，云雀似的飞出了老板办公室。林荫道上撒下她一溜歌声：“羞答答的玫瑰静悄悄地开，慢慢地绽放她留给我的情怀……”

望着小菊那渐渐远去的倩影，陈生的心中仿佛灌了蜜！

“花迷”

冬去春来，惠风和畅，我那“花迷”妻子又在阳台上忙开了。但见绛的月季，黄的山菊，紫的玫瑰，红的簕杜鹃，橙的米子兰……辉映着她那欢快的脸容。

荆妻年轻时曾在大鹏湾畔一个花木场当过“花姐”，对花卉园林有着一脉浓浓的情愫。自打二十多年前她携儿带女进城后，便离开了花锄、花洒、花剪……在“水泥森林”和“都市积木”中生活的她，那份“恋花情结”依然维系心中。记得那年开春，我分配到一套三室两厅的漂亮住房；在举家乔迁之后，面对空荡荡的前后两个阳台，妻子仿佛在思索着什么。沉默了一会儿，忽见她嫣然一笑，不无幽默地对我说：“把大鹏那个花木场‘搬’一部分到咱家阳台上来吧!”我一听，侧过脸瞅了她一眼，佯嗔道:“痴线!”她转而认真地说：“你们这些‘秀才’不是喜欢吟风弄月、咏花诵草的吗？在阳台上弄些花卉盆景，不但美化了环境，说不定还可触动你的什么写作‘灵感’哩!”她说得倒在理，也难得她有这么一份“闲心”，那就由她侍弄去吧。

在尔后的一段时间里，妻子下班后总不忘逛花木商店，回来时往往双手不空，或小心翼翼地捧着一个花盆，或笑口盈盈地拿着一簇花枝——什么天冬呀，文竹呀，万年青呀，夜来香呀，还有什么芍药呀，茶花呀，红苋瓣呀，玉麒麟呀……不足一个月，两个阳台便缀满了红芳绿玉。好一片绚丽的春色呦!每当晨昏，我流连阳台时，都悦目怡心。“灵感”涌出，竟然也以花卉为题材，涂鸦出几篇小文，在报刊上露了脸儿。

后来，簕杜鹃被选为深圳市花。我那爱花成癖的妻子遂笑逐颜开地嚷道："簕杜鹃，那花儿好火红、好热闹哟，挺像咱大鹏七娘山中的映山红，怪逗人爱的。非种它一棵不可!"于是，她在一个周末去沙头角时，从亲戚家里剪了一段五六寸长的簕杜鹃枝条，带回来后把下端削成45度斜面，扦插在朝南阳台的一个大花盆里，并天天保持盆土湿润。一个星期后，它发芽了。妻又用易拉罐改装成的小花洒，朝夕给"芽眼"洒水。又过了一周，芽眼抽出了几片细嫩细嫩的叶儿。跟着，生发枝杈，主干也日渐变粗。妻子不时给它松松土，除除虫，施施土杂肥什么的。不出半年，它便长成了枝叶婆娑绿荫盈尺秀气诱人的盆景。秋末冬初之际，一朵朵红殷殷的花儿便从它的枝梢绽放而出，好一道绚烂的风景呐。彼时呀，妻子可真是人面鹃花相映红!

此株簕杜鹃一植数春秋，妻子经常为之修枝整形，使枝叶葳蕤，年年花不败。为此引来芳邻多少称羡的目光。未料到去年8月间的一天，一场台风掠过深圳湾，半夜时分，狂风"呜——"的啸吼着，电灯突然熄灭了，紧接着就是"嘭"的一声响动。"哎呀，不好了，准是阳台上的花盆被风卷落下来打碎了!"妻子说罢，披衣而起，拧亮应急灯，直奔南阳台。我紧跟其后，果然见到那株簕杜鹃倒在地板上，花盆四分五裂。"啊——"妻子的心疼煞矣。她顾不得风吹雨打，即刻从阳台一角找来一个备用大花盆，捧起那株簕杜鹃，连根带土的移植进去，又将一袋不知她啥时挖回来的黑土倒入盆中；然后叫我扶正主干，她则用双手把松土舂实，再把整盆花挪进客厅一个避风的旮旯里。

翌晨，台风远去了，妻子上班前又将那盆花搬到阳台上，就着铁栏杆用钢丝把盆子拴牢，并浇上“定根水”。它很快便恢复了蓬勃生机，秋分后又热热烈烈地喷出了一片红艳，与其他花卉交相辉映，给整个阳台——不，是整个居室，送来了一派明媚的春光。荆妻大乐，脸上的笑容比群芳还灿烂！

“老来娇”

大鹏一带的山村人家，都喜欢种一种花儿，俗名“老来娇”。此花茎高二尺，叶子细长，初夏含苞，盛夏绽放。花冠椭圆，颜色紫红，很是抢眼。月娇婶特别喜爱这种花，每年都要种上十盆八盆，朝夕侍弄观赏，脸上笑得灿烂如花。乡亲邻里见之，遂以花喻人，送她一个雅号：“老来娇。”其老伴原是转业军人，所以也有人称她为“军婶”。

月娇婶年轻时确乎“娇”矣，乃是七娘山下一枝花，追求她的后生仔少说也有一个排。在五六十年代，人们崇敬解放军之情特深，山妹子都以“嫁大军”为荣。月娇自然也不例外。19 岁那年，她便嫁给一位姓徐的上尉军官。婚后不久，老徐调防，月娇就随夫北上京城，做了十几年北京人。后来老徐转业，回了老家吉林，月娇又随夫到了千里冰封的北国……几年前，老徐退休，月娇婶也年届花甲了。俗语云：叶落归根，人老思乡。老徐理解妻子那份故土情。况且儿女已长大，再无后顾之忧；又闻深圳成了南国明珠，心底里也有一脉向往。于是，在那年春天一起回到了大鹏湾。

二老刚一落脚，村支书便登门造访，说村委优待老军属，要给他们划地建房。月娇婶辞谢说：父母生前建有两间平房，兄弟早年又出港定居，如今房子空着，虽然陈旧些，但拾掇拾掇还能住，何必占用村里的金贵土地呢？老徐也笑着赞同。老支书感慨连声而去。是夜，二老反复斟酌，谋划再三，第二天请了两个泥瓦匠，整瓦刷墙修门固窗。花钱不多，房子却焕然一新，简朴实用。月娇婶乡俗不改，又不失时令地在庭前屋后栽上了十几株老来娇。夏来叶茂花繁，把两间祖屋映衬得跟“花园式别墅”似的。

他们赋闲却又闲不住。每早晨练后，老徐便往村里的“寿星乐园”跑，或弈棋，或玩桌球，或阅书报。逢少先队活动日，他就到学校给孩子们讲解放军打仗和雷锋叔叔的故事。月娇婶则拿把竹扫帚，村前村后大街小巷地扫。保洁员见了，执意不让她干，她就哈哈笑道：“让我这把老骨头松动松动也好嘛，老在家里待着，身子会发霉哩！”碰到谁家有个红白事，她又帮着张罗：是喜便下厨炒菜洗碗碟，是悲则上门宽慰未亡人。不久前，有位年轻妇女的遗腹子患麻疹，月娇婶获悉，心急如焚，帮她寻医觅药，又陪伴了几日几夜，协助她护理孩子，直至孩子痊愈，月娇婶才离开。临行前，那少妇抓住她的手，激动得声泪俱下：“娇婶啊，您真是个好心人。我……我真不知该怎样谢您才好！”少妇按乡下习俗奉上一个红包，月娇婶随即把钱抽出，硬塞回给少妇，只收下那个空红包。她眯着一双熬红了的眼睛，笑着说：“嫂子的心意我领了。其实呐，人生一世悠悠长，谁没个三长两短的？乡里乡亲，互相照应是应该的嘛！”

月娇婶博得了大鹏人的心，父老乡亲无不啧啧称赞，夸月娇婶不愧是老军属，就如她门前的老来娇，越开越靓哩！

婵嫂

婵嫂年且五十，家在大鹏湾畔一个依山临海的小村落里，清静，慈和，与世无争。她乐善好施，往往救人于倒悬。她的美德，一直为乡亲邻里所津津乐道。

就说不久前发生的一件事吧！

那天晚上，浮云遮月，闷热无风，水波不兴，正是海边人家捕鱼捞虾的好时机。村头钦信叔的小伢子阿青拎着两只竹笼子，披着迷蒙的月色，一脚高一脚低地前往海崖下装海鲶。当他经过一条芒草掩映的小径时，他的脚丫子不慎踩中了一条滑溜黑亮的“过山风”。他来不及反应明白，腿肚子就被那高高窜起形如三角的蛇头狠狠地叮了一下子。“啊——”一阵椎心的痛楚使他的身子不住地颤抖，俄而便摇晃着跌倒在草地上，双手按着伤口不停地呻吟；那条三尺来长的过山风却“呼”的一声钻进了光影斑驳的灌木丛中……

恰在此时，婵嫂从邻村探亲回来，推着单车路过这条小径，发现了倒在路旁呻吟不止的阿青。她赶紧支好单车，上前蹲下，询问他出了啥事儿。“被蛇咬着了；好像是……是过山风咬的……”阿青噙着泪艰难地说道，同时撩起裤脚让婵嫂察看。

婵嫂亮开手电，只见伤口是两个米粒般大小的齿痕，还沁出了一点点血水；伤口四周紫黑、肿胀，范围足有茶杯口那么大。

“这条蛇好毒呀！”婵嫂的额角不禁惊出了一层虚汗。她即刻解下上身布兜，撕下一长条，帮他在膝盖下的腿腋处扎紧，以遏止蛇毒上延，并说：“你坐着别动；一动，蛇毒就会因血液流动加速而扩散的。我去找点蛇药来同你敷敷。”说罢，她遂借着手电光在小径四围采摘青草药——婵嫂的家翁生前是个老中医，耳濡目染，她也学到了一些治蛇毒偏方——十来分钟后，婵嫂摘来一把不知啥名堂的叶子，塞进嘴里嚼烂。再揉成一个小圆饼，然后轻轻地贴在阿青的伤口上；又撕了一块布条，把伤口连草药包扎好。阿青顿觉伤口凉森森的，似有一股寒气直屹肌肤，痛苦也渐渐减退。约莫二十来分钟后，痛感基本消失，转而出现了点点儿麻痒。

“好多谢您啊，婵嫂！”阿青拭去一把眼泪，颤声道，“若不是遇到您，说不定我今晚会死在这个山旮旯里。”他边说边站起身，正要挪动脚步……

“自家人别说两家话。嗯，你暂时不要走动，以免影响伤口。”婵嫂急忙阻止道。接着，她小心翼翼地把阿青扶上单车尾架，她双手把住车头，慢慢地往村子推。山路不平，好几回车轮碾中了石块，车身弹跳晃动起来，可她都紧紧地稳住车把，不让车子摔倒。

如此慢慢推行了半个钟头，村口终于在望。当婵嫂敲开阿青的家门时，钦信叔夫妇见此情景，惊愣得瞠目结舌，一时说不出话来。

“是婵嫂救了我一条命啊！”阿青下了车，激动地对他父母述说了事情的经过始末。

“他嫂子，你真是个难得的好心人、阿青的救命恩人呐！”夫妇俩泪水涟涟地边说边按着儿子的脑袋，三人齐齐向婵嫂跪了下去……

“哎呀！你们这是干什么呀！隔离邻舍乡里乡亲，互相关照是好平常的嘛！看你们现在这个样子，可就折煞我了。”婵嫂动情地将他们一一扶起身，又婉拒了钦信叔塞过来的一个红包，安抚了他们几句，说待明早再来看阿青，就转身推着单车往家走。

此刻，上弦月钻出了云层，向大鹏湾挥洒着万道清辉。那月色，把婵嫂勾勒成一个光闪闪的剪影，是那么姣美，那么动人……

“军嫂”

阿蓉，一位二十三四岁的大姑娘，家居大鹏湾之滨的一个小山村。三年前，她完婚不久，丈夫便离开了她，穿上了草绿色的军装，奔赴边关塞外。从此，乡里乡亲便打趣地称阿蓉为“军嫂”。

去年初春，阿蓉拜辞了家婆翁姑，加入了打工的行列，几经寻寻觅觅，找到了深圳一家保姆市场。其时，凑巧秦生前往物色保姆，一眼便相中了品貌端庄手健腿壮言谈温婉的阿蓉。“包吃包住，月薪3500，好吗？”秦生笑容可掬地征询她的意见。“那——好咧。”阿蓉见秦生一表斯文，讲话和气，一副儒生模样，并没有怎么权衡“市场行情”，就深深地点了头。当天，办妥了相关手续后，阿蓉遂跟着秦生踏入了他的家门。了解了阿蓉的身世后，秦生夫妇不禁相视而笑：好一个“军嫂保姆”！

秦生夫妇都是政府机关公务员，有老母在堂，娇女承欢膝下。自阿蓉走进了他们的生活之后，便演绎出一道道动人的风景线——

一大早，阿蓉就起了床，梳洗罢，便做早点沏香茗拖地板抹桌椅洗碗筷冲涮卫生间……全家用完早餐后，阿蓉一手拎着小书包，一手牵着小婷婷，迎着晨晖，穿街过巷地送她上幼儿园；傍晚，阿蓉又披着夕阳余晖把她从幼儿园领回秦家。久而久之，小婷婷竟与阿蓉"情深意切"，一声声甜甜的"蓉阿姨"叫得人心里流糖溢蜜。

满家人的衣服，以往不是墙头上吊几套，就是沙发弯叠一堆，杂乱无章的。之所以如此，据说是后生人忙，老人又不识料理。自阿蓉"进门"后，她不仅将之一一浆洗好，还逐件熨妥帖，按"春夏秋冬"分门别类老幼有别整整齐齐地挂在或大或小的衣柜里。秦妻见之，窃喜，私谓丈夫曰："军嫂"手勤脚快，又爱整洁，真是俺家之福！秦生笑云："看来，你这个家庭主妇以后可得好好向人家看齐哩！"

阿蓉天天都跑农贸市场。虽说是"东家"的钱，可她从不乱花。她总是拣那些经济实惠的肉菜瓜果来买。为防商贩行骗欺诈，她每每打醒十二分精神。一有疑窦，她就到公平秤过称；若发现短斤缺两，她便即刻回头找那商贩理论，要他补足。尤为难得的是，每次买菜的余钱，她均毫厘不爽地交还给秦生夫妇。间或，他们不接，说"湿湿碎"，算了，你挺辛苦的，就自个儿留着用吧。然而，阿蓉一脸真诚地婉拒："多谢你们的好意了，这钱咱可不能要。俗话说：'人情是人情，数目要分明'。"

再说秦母，年逾八十，体弱多病，行动不便。每逢进进出出，上楼下楼，阿蓉生怕她有个"冬瓜豆腐"什么的，总是小心翼翼地搀扶着她老人家。秦母还是小女孩时，因“走日本仔”（逃避日寇追杀）时，左脚不幸感染了一种毒菌，长了一个铜钱般大小的疮子，一直没能医治好，以致大半生都隐隐作痛，不时红肿，流脓溢水。阿蓉见之，感同身受，心疼不已。于是，每天都用盐水同她清洗疮口，用止痛杀菌消炎的药同她敷，并在早晨空气清新时陪她到公园幽径行走，运动运动。不久前，秦母胆囊结石，住院动手术。阿蓉遂衣不解带，日夜侍奉在病榻前，或端茶送水，或喂药喂食，或宽衣洗漱，或兜屎兜尿……“病友”们都以为阿蓉是秦阿婆的女儿，但见阿婆翕动着一张瘪嘴颤声道：“她待俺呐，可比俺的闺女还热乎哩！”

阿蓉还是个好学向上的女性哩。晚上，她很少看电视，搞妥了家庭环境卫生，洗罢澡，哄睡了小婷婷后，她便缓步走进她的“保姆房”，一头扎进书堆里。后来秦生发现，阿蓉所学的全是市场营销和企业管理方面的书籍。秦生笑谓：“阿蓉以后要当个企业家哩！”阿蓉遂坦诚而腼腆地说：“趁年轻，有空闲读点书，积累点知识，将来回到咱穷山村，要改变改变面貌，也有用场呐。”秦生听罢，很是动容，心想：难得“军嫂保姆”有一颗自强不息的心。俺今后对她可得好好扶持，为她多提供点学习资料，改善一下学习环境，以助她成才，成为山中金凤凰……

（2017. 8）

人间贵真情

周末的黄昏，一个电话把我叫到了上步南园路的一家歌舞厅。一位侍应小姐把我引到了一个装饰雅致的卡拉 0K 厢房里。迎接我的，是一束束喜悦的目光，一张张陌生而熟悉的笑脸。

这是一次久别重逢的聚会。座上有我的老领导、老同事。乍一见，我的心湖不由泛起了圈圈涟漪……

难忘 18 年前的早春，清冷清冷。我“解放”后被“重新安排”在深圳水库之滨的一个国营苗圃场里干活。当我肩挑破旧的行囊走进场部那间兼作宿舍用的简陋的办公室时，一位 30 岁出头、风度翩翩知识分子模样的年轻人笑容可掬地向我伸出了温暖的双手。他的旁边站着的是在“文革”时与我同受煎熬的“难友”阿远。阿远轻轻地和我握了握手，说：那位年轻人姓黄，是这里的负责人，原是宝安县林业局的技术干部，是下放到这个新办场来拓荒、锻炼的。他又说：场里新到了一批知青，也是在这里磨炼意志、改造灵魂的……我谦恭地笑了笑，忽然以宣誓般的口吻说：“我愿在领导和同志们的指导和帮助下，积极工作，好好改造思想!”我的话引起了负责人老黄一阵“哈哈”大笑——尔后我曾仔细咀嚼：这笑声是对我的赞许，抑或是对其时极左的社会现实的嘲讽?

此后，我同阿远及那帮知青在老黄的带领下，在那10余亩苗圃地里扦插、嫁接、移植、修枝、除草、施肥、排灌、杀虫……日出而作，日落而息，风里爬，雨里滚，还要时时接受那变幻莫测的“政治圣火”的陶冶。个中滋味，是难以言表的。而当我们蹲在田埂上看着一片片嫩绿的苗儿迎风点头微笑的时候，我们也从心底里发出了笑声，尽管这是“苦恼人的笑”。

随着“四人帮”的倒台，世态的日渐清明，老黄也“锻炼期满”返回县局去了。临别那晚，我和阿远曾提议开个茶话会欢送欢送，可老黄说：“不必破费了，大家心照就是了，贵在真情嘛!”饭后，在场部门前那株梧桐树下纳凉时，他在我们的盛情邀请下，遂亮开嗓子，动情地高歌一曲《可爱的祖国》……不久，我弃锄从文了，阿远上调了，知青也回城了。在深圳特区这块热土上，头顶丽日蓝天，各自为前程奋搏，甚少往来。然而，彼此心中那份甘苦与共所凝成的真情，却怎么也抹不去，并非因岁月的流逝、世事的更迭而有所淡薄……

不是么?今晚，大家又走到一块儿来了。尽管昔年的黄技术员如今已晋升为我市某科研中心的技术处长，“难友”阿远已荣登市某公园主任宝座，知青们“发”的“发”了，没“发”的也成了其单位的举足轻重的人物；地位不同，职业各别，可大伙儿的脉搏还是跳动在同一节拍上，情意仍是那么浓郁。我们在不堪回首话当年感叹唏嘘之余，为今日的好时光而纵情歌舞，夜深犹欲罢不能。特别是阿远，这位在“文革”中死里逃生后来转了好运的中年汉子，更是激动得泪花闪闪。他反复地说：难得如今朗朗乾坤，清平世道，使人间之情得以复苏，绵延……他唱了《万水千山总是情》，又唱了《明天会更好》，博得了老同事们的阵阵喝彩。英风不减的处长老黄，依然那么谦逊、朴实，毫无“官”架子。他唱了一首又一首；末了，在热烈掌声中，他手握麦克风，以洪亮的男高音，唱了一首《渴望》，道出了大伙的心曲：“悠悠岁月，欲说当年好困惑……漫漫人生路，上下求索，心中渴望真诚的生活……恩怨忘却，留下真情从头说；相伴人间，万家灯火……”

（1994. 10）

无言独倚西楼

金风萧瑟，玉露生凉；秋声盈耳，秦月半圆。此刻，在深圳一幢楼房的朝西阳台上，一位容颜姣好的少妇，正倚栏亭立。

她，芳名菁仪，出生于扬子江畔的一个书香世家。两年前，她以优异成绩毕业于上海一所名牌大学经贸系，却分配在市郊一个县机关里，干些收发公文夹夹报纸，间或也抄抄写写的轻松活儿。自小便秉性好强的她，哪里受得了这种“一杯茶，一支烟，一张报纸看半天”的“衙门氛围”？况且，专业不对口，学非所用。因而，她深感抑郁、孤独，浑身热劲儿无以抒放。值此当儿，她的一位分配到深圳某机关的同窗好友卓生，给她来了信。他在信中向她披露了这么一条信息：他所在单位的下属某公司，需要招聘一位文化素质较高的公关小姐。若菁仪有志于特区事业，可离开原单位前来应聘云云。

菁仪的血液沸腾了；深圳，祖国的骄子，边陲的明珠，谁不想去那儿创一番事业？于是，她毅然抛弃了“铁饭碗”，求爷爷拜奶奶获得了一纸“放行条”，终于飞到了深圳河畔。

……面试，笔试。凭学识、口才、气质、品貌，她入选了，坐上了“公关小姐”的雅座。

卓生也不失时机地向她射出了丘比特的神箭。也许是为报知遇之恩吧，她没多加考虑，在“我成了特区人”的亢奋心态之中，满脸绯红地倒进了卓生的怀抱，“闪电式”地结了婚，住进了他的单身套间。

新婚如蜜。她仿佛每时每刻都在春天的曦光中分花拂柳地漫步……

然而，“片刻春风得意，未知景物朦胧”。不出半载，冷坐机关的卓生，心头便渐渐为一片云雾所笼罩住了——他，对“公关”的意蕴理喻不透哪……

——为了“工作的需要”，妻子不时莲步款款、袅袅婷婷地走入舞池，与“老外”搭肩搂腰地在飞旋的五彩灯光下翩翩起舞；

——为了生意的促成，妻子常常陪伴经理在豪华的餐厅酒楼“巧笑倩兮”地与客商觥筹交错，非入夜不得归；

——为了广开销路，妻子往往离家远行，不论东西南北中，一走就是十天半月，间或她的身边还有一位年轻俊逸的男性经销员相随……

面对清冷的居室、席梦思床上的二分之一空间，卓生的心中便备觉落寞、苦涩，还会神经质地萌生出一股酸溜溜的味儿。尽管妻子的工作出类拔萃，荣誉和鲜花总是伴着她；尽管妻子的薪酬不菲，而且几乎都一分不剩地交给他；尽管妻子每晚一踏进家门第一时间就给他一个温情脉脉的吻……然而，他情感的天平还是平衡不了，常常长吁短叹。扭开“HiFi”，是港台歌星王杰唱的歌：

……她的背影
已经消失在风中，
只好每天守在风中，
任那风儿吹动……

烟，一支接一支地抽，烟蒂堆满灰缸，居室烟雾弥漫。有时寂寞难耐，他便走出家门，长更累夜地与人甩老K、攻“四方城”……

今夜，上弦月快衔西山了，可他仍未归来……丈夫的冷漠、失态，令菁仪的心战栗了。她不由得仰天长叹：“天啊，我究竟做错了什么?!”

啊，西风落月，无言独倚西楼……

(1992. 12)

洪湖联话

七月暑热，赤日铄金。然而，深圳闹市中的洪湖公园，却是荷风习习，草绿花红，一派怡人春色。应市公园协会的盛情邀请，笔者与几位文人雅士在一个雨后初霁的早晨齐集洪湖，就该公园景点征集名、联事儿，实地观景采风，感受和领悟其中意蕴，以触发创作灵感。

我们一行数人自公园东边正门而入，右拐一箭之地，在花影绿荫之间，但见一座亭廊里面壁立着数十方国内名家的咏荷碑刻，其精彩辞章和风格各异的书法艺术顿令邹君文思潮涌。他动情地说："这一亭可以命名为'荷翰亭'，亭柱楹联我想这样——"他稍作思索，便抑扬顿挫地吟将起来：

荷香留韵，幸借名家健笔；

翰墨生辉，欣逢盛世嘉年。

我们一听，都不住地抚掌叫好。

漫步至三级湖区，经过洗心池，登上一凉亭，一片荷花直奔眼底。远君深有感触地说："荷花，出淤泥而不染，是圣洁清廉的象征呐。这亭子的楹联，我以为要蕴含这么一层意思。”停了会儿，他继续说：“我试作一联，请诸位指正——”

满眼荷花，占尽洪湖三夏景；

一池圣水，洗清欲壑半分贪。

我们觉得此联非但对仗工整，情景交融，还有反腐倡廉之深意，因而都异口同声地表示赞许。

在荷仙岛西端，我们迈入一个红柱黄瓦飞角流丹的小亭子。只见两侧花纷柳拂，荷塘波光云影；对面一小岛苍翠葱茏，百鸟翩跹。此情此景，一联倏然浮上心头：

喜见红亭花照水；

欣观绿岛鸟投林。

我念出口后，文友们大体赞同，但认为“喜见”与“欣观”有点重复，不如删去为好；这样，整联就显得精练而富雅趣。另外，“水”改为“影”，意境也比较美……我连连点头称是，一再感谢文友们的雅正。

醉柳摇情情几许？

清荷含笑笑如何？

——在二级湖区一座桥亭上，面对随风飘动的柳枝和笑靥迷人的荷花，李君情难自已，遂即席吟出此联。“对工，新颖；句式设问，生动谐趣，且‘许’谐‘喜’，‘何’谐‘荷’。真妙啊！”我们都众口一词地称赞起来。李君腼腆地笑了笑，双颊泛红，讷讷地说：“见笑了，见笑了，大家对我要多多指点才是呀！”

次日傍晚时分，我们再次到洪湖公园采风。在一级湖区的流霞亭上，薛君纵目荷池，放眼鹏城，心怀激越。他说，眼前景物，非昔时可比也，随即口占一联：

秋水含晴，阎公有兴；

落霞不夜，王勃无书。

此联引用了《滕王阁序》中的一典，比照古今，生动贴切；讴歌深圳不夜城，隽永悠远。

移步相邻的建构高大的芙蓉亭。梅君环顾公园三湖的青荷秀水，眺望凌空飞架的彩虹双桥，在纷飞的雨丝中，深情地吟出一联：

九夏芙蓉，三湖碧水；

双桥烟雨，一路熏风。

该联工整，数量词也用得甚佳，贴景抒情，一气呵成，堪称大气之作。

而陈君在晨曦亭作一联——

童乐园边，乐得吾曹添稚气；

健身场内，喜参汝众练功夫。

又是那么富有生活气息，生动活泼，情趣盎然。

（2004.8）

第五辑

Chapter 5

爱山乐水

AI SHAN LE SHUI

漫游东南亚

莺飞草长的阳春三月，笔者曾随深圳一个旅行团前往美丽迷人的东南亚一游。在众多的参观游览项目中，有几处在我的心中留下了最为深刻的印象，至今仍不时活现眼前……

逗人的“象背之旅”

泰国到处都是热带森林，我们常常可见大象出没的踪影。它那一步一进慢条斯理的样子，引起了我们浓厚的兴趣。当地导游梁生自豪地对我们讲：“大象是我们泰国人尊崇的吉祥之物。它虽然体形庞大，看起来很笨拙，但却很有灵性，是我们的好帮手和好朋友咧！”稍停，他又笑道：“骑大象，不仅是一种娱乐，还是人与大象之间的交往、沟通，它会给你意想不到的收获哩！”我们的好奇心即刻被他的话“吊”了起来，人人都有一种跃跃欲试的冲动。

那天上午，我们在曼谷近郊的“大象王国”，果真骑上了大象。

我们在象园管理员的指点下，由木梯登上一个木质平台，很顺当地上了象背，坐进了固定在象背上的椅子里。这椅子三尺见方，平稳、牢固，有坐垫和扶手，可以坐两个人，领头的大象脑后脖子上，坐着一个手握棒槌黑头黑脸的泰国小伙子向导。坐定后，但闻向导一声吆喝，十几头大象载着我们二十余位游客，排着队，井然有序地向前进发了。

嘻嘻，这大象果然灵巧。走在平坦的草地上，它们晃着葵扇似的大耳朵，大摇大摆地踱步，俨然儒雅的才子，风度翩翩；走进沼泽地或蹚水渡河时，则一步一迈，十分稳健。当爬坡登高时，我坐在象背上，心里不禁“扑通扑通”地乱跳，手心都捏出了汗，总担心会出啥子意外。可后来我真切地感觉到，这些顾虑其实大可不必——大象上坡时，它每跨一步，都稳稳当当地踩定之后，才走下一步的，就像一位老成持重经验丰富的登山家，每迈一步都是那样的精心、扎实和富于灵气。于是，我的心安定下来。远山、近水，丛林、繁花……都缓缓地在我的眼前流过。我们嬉笑着，欢呼着，心里充满了惬意和骄傲。

经过近一小时的“象背之旅”，我们都仿佛结识了一位难能可贵的良师益友——它，大象，不是用语言，而是以行动告诉人们：如何去面对广袤的大自然与纷繁斑斓的人生……

神奇的“人妖表演”

泰国芭堤雅“人妖歌舞团”的演出，又令我们大开眼界，久而难忘。

于此，顺笔一提的是：颇有点神秘色彩的“人妖”，据导游梁生介绍，乃是由男子自十来岁开始就不断地注射雌性荷尔蒙激素，并辅以相关的手术，逐渐“变性”而成的。在泰国由于有“重女轻男”的习俗，所以“自愿”变为“人妖”的男子数以万计。她（他）们大都从事娱乐或服务性行业，以技艺和绰约风姿示人，维持生计。

那晚，在芭堤雅一家门面装饰辉煌、里头设置典雅的戏院中，我们每人花了600泰铢（相当于人民币150元），便见识了人妖的庐山真面目，观赏了她们一场精彩的表演。

当彩灯闪烁，音乐奏响，大幕拉开，十多位人妖且歌且舞于异彩纷呈的舞台上的时候，我们不禁都瞪大了眼睛：哇，但见她们一个比一个漂亮——那清秀可人的脸蛋，那黑白分明的眸子，那似春杏若樱桃的小嘴，那窈窕如细柳临风的身段，还有那最具女性特征的胸脯……我暗想：用“沉鱼落雁”“闭月羞花”这两个中国成语以喻之，实不为过，毫无夸饰与矫情。上千观众在好一阵的啧啧称奇之后，遂安静下来，目不转睛地欣赏她们的表演。

演出节目共有十来个。其中既有泰国风情舞，又有日本谐趣小品，还有中国大陆的女声独唱《血染的风采》、民歌伴舞《采茶》以及中国台湾省邓丽君的成名曲《甜蜜蜜》和《月亮代表我的心》，等等。虽然，人妖的表演水准说不上很高，但都演得很投入，有声有色：其神态之可掬，乐感之丰富，灯彩之奇幻，道具之独特……所营造的璀璨的艺术氛围，亦频频扣动了观众的心弦，因而不时报以热烈的掌声。

演出结束后，不少观众出于好奇，均纷纷掏钱和鱼贯离场的人妖合影留念。笔者出自某种复杂心理——也许是对“变性的男子汉”的礼赞吧，也花了20泰铢，同一位很漂亮的妙龄人妖相依相偎笑逐颜开地拍了一张流光溢彩的双人照！

迷人的“世界花园”

离开泰国，我们乘班机飞往有“世界花园”美誉的新加坡。

那天下午下机后，我们不顾“高空劳顿”，步出樟宜国际机场，在新加坡亚洲旅行社导游黄小姐的引领下，游览了新加坡城。

其时，正好微雨初霁，风清气爽。

观光巴士在新加坡市区慢慢地穿行。透过车窗，我们看到了宽敞笔直的柏油公路，蓊郁葱茏的绿树和争妍斗艳的鲜花以及广阔泛绿的市政广场……那树、那花，点缀在公路两旁，摇曳于立交桥上；琼楼玉宇的四周和碧波万顷的大海之滨，无不充满了象征生命和自然的绿色。

临近黄昏，我们坐上了“空中轻铁”——单轨小火车，环游狮城郊的圣淘沙岛。啊，50分钟的游程，所经之地，满眼皆绿意，无处不飞花。空气之清新，环境之幽雅，着实令人怡心悦目。新加坡人对大自然之钟爱，对生态环境之维护哪，直让我和旅友们感动得赞不绝口。

“好一个‘世界花园’！好一个‘绿色王国’！”几乎成了我们的口头禅。

夜幕垂空之后，我们又兴致盎然地观赏了圣淘沙公园的大型音乐喷泉表演。

该喷泉配以激光声色等科技装置，如梦如幻的图像活现了新加坡美丽的风光。还表演了“仙女散花”“风雨雷电”“大江东去”“小桥流水”，甚而“罗密欧与朱丽叶”“梁山伯与祝英台”……或古典，或现代，或欧亚，或中国……那乐曲，那水帘，那色彩，那造型……使看台上成千上万的游人观众发出阵阵惊奇，声声喝彩！

翌晨，导游黄小姐把我们带到花芭山游玩。这里也是新加坡的“最高点”，极富浪漫情调的地方。我们漫步在绿荫花影的山道上，吸着沁心润肺的新鲜空气，俯瞰着山下沐浴在晨光中的一幢幢红墙黄瓦花树掩映的欧式别墅，纵目一二里外悬浮在蔚蓝色的大海上的三个青翠欲滴的小岛、万吨巨轮和点点风帆……旖旎的热带风光，直惹得游人频频按动相机快门。

下山后，我们沿着一条鹅卵石铺设的小径，来到一个新加坡的著名标志——18 米高乳白色的狮身鱼尾雕像。仰望着那雄奇而不乏优美情调的雕像，顿令我们对新加坡这个仅比我们深圳特区稍大一点的“亚洲四小龙”之一的美丽的国度，萌生了无限的敬意和不尽的柔情……

(2000. 5)

湄南河奇观

湄南河，泰国第一大河也，全长1800余公里，中游流经曼谷艾县越亚岑区武里等处，浩浩荡荡，直奔南太平洋而去。

日前的一个上午10时许，我们深圳一行十几人在导游小邢的引领下，驱车来到曼谷城郊一个木板搭就的简朴的小码头，登上了一艘橙黄色胡椒形的小游艇。顿觉河风拂面，天高气爽，一扫在泰国皇城里积郁的一股闷热气息。湄南河水质清澈，波光粼粼，两岸花树掩映，琼楼舞榭若隐若现。

“好一条美丽的大河哟！难怪被誉为‘东方威尼斯’哩。”我和旅友们不由得异口同声地赞叹道。

小艇逆流而上。甫坐定，黑黑瘦瘦的艇嫂便抱着一小捆编成环状的白玉兰花，给我们每人一串。只见她双手合十，鞠躬行礼，恭恭敬敬地一一给我们挂在颈项上。小邢见状，风趣地笑着说：“白玉兰像征如意吉祥。戴上它，可保我们万事如意，旅途平安呐。”随后，按照他的提示，我们每人都给了艇嫂20泰铢（相当于人民币5元）以作酬谢。

游艇机声“突突”，昂首破浪，激起的阵阵水花，宛若乱琼碎玉，不时飞溅到我们的脸上和身上，引起了我们的声声欢笑。河中或淡青或灰白或紫褐的鱼儿，有的在水皮下穿梭游弋，有的则冲出水面腾空跳跃——好一幅鱼儿嬉戏图哇！

“哦，这条河生态环境不错，鱼儿真多！”我感慨地喃喃自语。

“这一带算不了什么，前头还有更多更奇特的哩！”小邢笑吟吟地对我们说。

果然，当小艇驶到郑王庙前的河段时，但见成千上万的锦鲤和白鲮纷纷浮出水面，潺然有声。这时，游艇减速，慢慢地靠近它们；可群鱼一点儿也不惊怕，依然优哉游哉，在河面上探头探脑，摇头摆尾的。当我们正在大为称奇之际，一艘有“水上市场”之称的小商艇不失时机地驶了过来。旅友老蔡和小霞马上各买了一条“生力”面包，掰成一片片的往河里撒；鱼儿们便争抢着吃，有的还跳将起来，张口在空中接了个正着，然后沉下水去囫囵吞枣。斯情斯景，着实让我们乐得只见牙齿不见眼睛，一串串笑声撒向碧绿碧绿的湄南河，撒在活泼可爱的锦鲤和白鲮身上。

“这儿的鱼为什么这样多，而且一点儿也不怕人？”笑声过后，我带着疑惑请教导游。小邢即刻神色虔敬地答道：“这和郑王有关。”接着，他给我们讲了一则动人的英雄故事——

郑王名信，祖籍中国广东澄海县。200 多年前，缅甸麾军侵占泰国大城故都。时为哒府侯王的郑信奋起率军御敌。因寡不敌众，遂突围南下，招募兵将；然后统率战船 500 余艘，沿湄南河溯流北上，至都城与缅军血战，结果驱逐了侵略者，捍卫了都城，保卫了国家。后来，泰国人民为了感念这位勇于承担国家命运挽狂澜于既倒的英雄，就在湄南河畔立庙以祀。为敬重这位华裔泰国英雄，历朝历代的泰国百姓均不在郑王庙前的河面捕鱼和杀生。这儿的生灵因而得到了最大程度的庇护。鱼儿世代繁衍，无忧无虑，安然地陪伴在郑王灵前。所以，时至今日，便万头攒动，毫不怕人了。

听罢导游小邢的一席话，我们禁不住纵目湄南河南岸那座屹立在绿荫花影之间的郑王庙。在金色的阳光下，它是那么雄伟壮观，璀璨耀目。在游艇回程的河上，我一边频频回首远眺郑王庙，一边在高山仰止地回味那段“龙的传人”不朽的英雄故事……

（2000. 5）

“海上桂林”下龙湾

日前。越南，北部湾……

一觉醒来，睁开惺忪睡眼，但觉一缕晨曦透过窗牖厚厚的玻璃，射进了船舱卧室。我蓦地记起了昨晚船上广播员那娇柔的声音：明早七时左右，“新上海”豪华游轮将驶进越南下龙湾……下龙湾，“海上桂林”啊！我猛然从床上跳将起来，匆匆梳洗罢，便披着一件风衣，直奔船舷，倚栏纵目——

哇，好一幅壮观的图景在我的眼前出现了：在微明的天底下，在那一望无际的黛色洋面上，数也数不清的岛屿悬浮其间，似静若动。有的高逾百尺，有的高仅数米，披翠挂绿，形态各异：或如宝鼎，或似香炉；或像仰天长啸的猛虎，或若咆哮奋威之雄狮……一会儿，天扯横云，东方放亮，一轮冬日从渊洋深处一排隐约可见的山峦后面喷薄而出。那太阳，披着一层薄薄的晨岚，是那么大，那么圆，又是那么红。当它升空丈把高时，雾岚散去，即向大海投射出万枚金箭——啧啧，此刻的景色更壮观了：万顷波涛镀上了炫目的金辉，千百岛屿镶上了亮丽的金边。游轮航行在金波上，船首飞溅着千朵金花万串金珠……大自然造就的奇观，令我深深地陶醉了。

8 时左右，游轮停泊在越南广宁港口。我们深圳一行人办妥入境手续后，旋即转乘一艘四面都有玻璃窗挺漂亮的小游艇，返回下龙湾海域细细观赏。

我们仰坐在柔软的棕色沙发上，放眼从一平如镜的海面上探出的仪态万千的岛屿，但见座座小岛亭亭玉立，秀丽妩媚；倒映水中，犹若水中有山，山中有水，在晨雾中忽隐忽现，美不胜收。俨然一幅浓淡相宜的绝妙的水墨画！

游艇在喀斯特地貌的山峦穿行，山峦在游艇两旁展示风姿，在水天雾岚中变幻莫测，令人目不暇接。9 时左右，雾气尽散，海天一色，千岛楚楚。此际，我们觉得仿佛在祖国的桂林漓江上漂流，似醉如痴……

面对那千姿百态的大自然鬼斧神工的“杰作”，越南导游陈小姐用颇标准的汉语普通话微笑着对我们说：“下龙湾为什么会有这么多岛屿呢？传说古时有一大群白龙从远方飞来，被这里的美丽风光吸引住了，便从天上下来留在海湾里，化作一个个的奇山异岛，于是形成了这种迷人的自然奇观。当然，今天我们从自然科学角度上看，这些岛屿是地壳运动——海底上升而形成的。”她抬手指了指蓝天碧海和众多的岛屿，又继续介绍道：下龙湾是越南北方一个著名海湾，坐落于北部湾西部，面积达 1500 多平方公里，有 1969 座岛屿，其中命名的有 980 座；1994 年底，还被联合国列入世界文化与自然遗产之中哩……她的娓娓述说，令我们游兴倍增。

当游艇行到两山对峙的“斗鸡山”前面时，我不由得连声称奇——只见两座十来米高的小岛，形状酷似一对公鸡，在波光潋滟的海面上“酣斗”，真是天公之作，栩栩如生。我们禁不住频频揿动相机快门，留下那美妙绝伦的画面……

时近中午，我们在游艇上吃了一顿美味可口的越南海鲜大餐。嗣后，游艇把我们带到了“天宫洞”前。天宫洞为下龙湾最著名的十洞之首，自一大岛腹部斜穿而过，纵深200余米，洞壁最高处达40米，洞面最宽处几近50米。据云，此洞于1994年为越南一渔翁所发现，报知当地政府。后越方请我国广西壮族自治区一专家到此考察筹划开发；于1998年竣工开放。我们拾级进洞，洞径七曲八折，高望一洞天，低看清泉澈。举目细观之，只见溶洞石质均为碳酸钙，洞顶钟乳倒挂，或如珠帘，或如飞瀑；地面和半壁的溶岩则构成了“三分神似，七分想象”的“观音坐莲”“童子拜观音”“猪八戒偷窥蛛女浴”“孙悟空智调芭蕉扇”以及“双龙戏珠”“八仙过海”等奇特景观——从导游小姐的介绍中，我感悟到越南的佛教文化与我们中国的何其相似乃尔！当我问她“天宫洞为什么没有‘上帝’”时，她笑道，此洞宽阔，灯火辉煌，璀璨如天宫，“上帝不在这里，大概是坐镇灵霄宝殿去了。”我们听罢，全都大笑起来！

走出天宫洞，上艇继续漫游。这时，海天一色，但觉艇在水中走，人在画中行，水绕山环，波从岛转，那景致，那色彩，令我意趣频生，心旷神怡，大有“乐不思蜀”之概……

（1999.12）

亲近黄山

坐落于华中徽州大地的黄山，有“天下第一奇山”“人间仙境”之美誉，其独特的峰林地貌构成的奇、险、伟、幻，奇松、怪石、云海、温泉之“四绝”景观，著称于世。怪不得明代旅行家徐霞客在万历年间游览黄山后喟然感叹曰：“薄海内外，无如徽之黄山。登黄山，天下无山，观止矣！”

笔者日前有幸亲近黄山，一睹黄山风采，诚为大感。前人咏赞黄山的华章诗文，皇皇大观矣；小可不才，永难望其项背，只能撰一小文，描述一些景观……

宏伟的摩崖石刻

大凡名山，必有题咏石刻，黄山更甚，计 180 余处。题词具有高度的艺术概括力，言简意赅，意境深邃，书法精湛。其中之最巨型宏伟者，当数青鸾峰的摩崖石刻。

青鸾峰为黄山 72 峰之一，海拔 l780 米，横空出世，挺立地表，雄踞于天都峰之侧，宛若一匹仰天长啸的战马，故又名“立马峰”。在其200余米高的悬崖绝壁上，赫然镌刻着“立马空东海，登高望太平”十个赭红色的大字，洒脱遒劲，颇具功力。据导游介绍，每字6米见方，阴文，深约2寸，“平”字一竖达9.4米。旧时落款处还有“西蜀唐式遵”五字，惜乎“文革”时被用水泥填没。

这是黄山最大的摩崖石刻，在全国风景名胜区中也是极为罕见的。关于这十个大字的由来，导游小组娓娓述说了这么一段感人故事——

1937年，正值抗日战争之初，国民党23集团军驻扎在黄山周围。军团总司令、陆军上将唐式遵是四川人，喜欢结交骚人墨客，搜罗古董，作诗题字，这“十字摩崖”就是他的杰作之一（他还在黄山温泉附近留有“大好河山”四字石刻）。事情的经过是这样的：

1939年，唐式遵晋升为第三战区副司令长官，真乃春风得意矣！他遂带着一班随从、坐着简易轿子到黄山游览，发现青鸾峰这方崖壁，觉得正是他搞“创作”的绝佳园地，于是挥笔写下这十个字；放大后，花了1000大洋，请匠人刻了上去。

导游继而评析道：这摩崖十字不仅写景，还有着深刻的含义和浓郁的抒情性。当时正在对日作战，第三战区有一定的战绩，之中当然也有副司令长官的一份功劳。基于这种历史背景，“立马”二字明写立马峰，暗喻抗日武装，也可理解为一名抗日将领在敌寇面前立马横刀；“东海”明写黄山东海（云海）景区，暗喻日本国（日本在东海洋面以东）；“空”字道出了藐视敌人、抗战必胜的坚定信念和大无畏的军人气概。“登高望太平”一句明写登上高峰可看到山北的太平县，进而遍览黄山景色，暗指希望早日打败日本侵略者，实现国泰民安、天下太平的美好愿望。一个“望”字，感情强烈，力透崖壁！

导游的一席话，令我的心潭泛起了涟漪……

神奇的飞来石

那天下午，天气晴和，偶有缕缕阳光穿透云层射往黄山。我们在崎岖弯曲的石道上气喘吁吁地爬了两个多小时，终于登上了黄山第二高峰——海拔 1840 米的光明顶。在领略了黄山伟岸雄奇的身姿、博大渊深的胸襟之后，我们便沿着奇松掩映花卉流芳的石阶朝另一面下山，到西海景区游览。

来到一处叫“天平矼”的地方，朝西举目一望，猛见百米开外一巨石巍然耸立山巅。石色深褐，顶尖，下圆，略呈长方形。导游说，经测量勘探，此石高逾 12 米，重达 360 吨，下端与山体接触处有很明显的缝隙，最宽的部位几近 1 米；整块石仿佛是从别处迁移过来的，可人力又岂能为之？故而名之“飞来石”。

“其实哪，据地质学家勘察，飞来石的下部与山体是紧紧连在一起的，经过亿万年的风雨剥蚀，才使连接面积逐渐缩小，但依然巍立不倒——这一奇特现象也说明黄山地区在相当长的一段地质年代里没有发生过大地震，所以这块巨石才能稳稳地挺立山巅……”导游继续笑脸盈盈地说。

我近前定眼观之，觉得它好“面熟”……哦，我想起来了——它不就是长播不衰的电视连续剧《红楼梦》开头的那块在“大荒山无稽崖青埂峰下”“灵性已通”且有“情种”之称的顽石么！我把这猜想一说，导游即刻拍手笑曰："对了！电视剧《红楼梦》片头的顽石造型，正是以飞来石为'蓝本'，经过编导和美术师的一番'化装'之后，才拍摄下来的。"

怀着虔诚与好奇，我沿着崖边一条有铁索栏杆围护的小石道，小心翼翼地爬上飞来石与山体相接的底座，一手抚摸着石身，绕它缓缓地走了一圈，在不同的方位观赏此石，便觉形状各异：从北看，它顶部略尖，下部椭圆，俨然一只大桃子，怪不得导游说飞来石又谓"仙桃峰"哩！而在东面观看，它则酷似一面风帆——我突发奇想：此时若云海涌起，飞来石马上就"幻化"成海上之舟，乘风破浪，扬帆行进了……

流连了二十来分钟，犹难以释怀。在导游"转景"的催促下，我们只好依依不舍地离开飞来石了。起步前，我赶忙举起相机，调好焦距镜头，按下快门：闪光灯一闪，将此神奇景观在我心中定格为"永恒"。

辉煌的黄山日出

当晚，我们下榻在排云楼宾馆。

"要观看'黄山日出'的旅友，今晚早点休息，明早4点半起床，爬一段山路，到清凉台观日出。5点40分左右日出，能否看到，根据目前的天气预测，概率是百分之六十……"甫放下行囊，导游便如此这般地吩咐我们。

"但愿我们有缘，百分之六十成为百分之百！"在充满热切而妙曼的期待中，我迷迷糊糊地进入了梦乡……

翌日凌晨，我们准时起床，简单洗漱罢，就跟着导游披着西风踏着衔山冷月兴致勃勃地上路了。大约走了40分钟光景，我们上到了狮子峰山坳的清凉亭。

嘿，老天爷保佑，东方地天相接处无大片积雨云，只有似有若无的晨岚雾气在流动，天色总算明朗。“概率百分之百即将变为现实啦！”我和旅友郑生、小谢等禁不住笑语欢声。依照导游的指引，我们都把相机镜头调到最佳视野，按住怦怦跳动的心，等待着、等待着……

临近5点40分时，东方天际由迷蒙而泛黄，又渐渐变为紫红；俄而，但见始信峰顶露出了一轮金边。“注意啰——黄山日出啦！”导游朗声道。我赶紧按了一下快门。时间随着心跳一秒一秒地过去，太阳也越出越大，终于现出了整个金红色的圆圆的笑脸，辉煌夺目；东天的雾岚也霎时变得五彩斑斓，灿若烟霞，流光溢彩；四围的群峰亦由深褐而青黛，与天空相接处仿佛镀上了一层金……我急忙抓住这难以际遇的机缘，气定神凝地又一次按下了快门——完成了“黄山日出”的光与影的写真。

“黄山日出是以有云海的日出最为壮观；今早没有云海，逊色一些了。”导游颇为遗憾地对我们笑着说。

“随缘吧！出门远游，所逢诸事，并非都是十全十美的。我们今朝能亲眼目睹黄山日出，也属幸运一族，不枉黄山之旅呐！”我喃喃自语，似在回应导游的话，又似在对郑生、小谢深情地诉说……

（2003.6）

内蒙古游趣

在“天高云淡，望断南飞雁”的日子里，笔者随深圳旅游团自南疆飞往北国，饱览了千里草原的旖旎风光，领略了当地的民情风俗，感受了千年古迹的迷人韵致……

“敕勒川，阴山下，天似穹庐，笼盖四野。天苍苍，野茫茫，风吹草低见牛羊。”三四十年前，当我还在念初中的时候，我就念过这首民歌。其时，我的认识是肤浅的，仅仅停留于理念与想象上面。

而今，脚踏实地，亲临其境，那感觉就大不一样——升华了。哇，展现在我眼前的，是八百里阴山下的一望无垠的草地，绿涛般起伏的丘陵；星罗棋布的羊群，如珍珠般地撒在茫茫碧野上；或棕或红或黑或白的骏马，奔驰在千里绿原中；还有那雪白的蒙古包，或一簇簇，或星星点点地点缀在广袤的阿孜里草原上……

“从艺为文二十几个春秋，难得有闲出远门，亲眼看看草原的风光。今日得偿所愿，岂不快哉!”斯情斯景，令我这个长期伏案的小文化人大慰渴怀，心里不由热乎乎地如是说。我赶快举起相机，调好焦距，把绿草、羊群、骏马、蒙古包，连同团友悉数摄入镜头。几位阿姨乐得眉毛眼睛都是笑！

接着，旅游车沿着一条黄土道缓缓地驶到草原的另一个景点——敖包山。名为“山”，实为在一土墩上由无数大小不一的石块垒成的一座小石峰。峰分三层，每层均插有绿树枝和彩经幡。我一贯以为“敖包”一定是用布搭起来的似蒙古包之类的民俗风物，想不到它竟然是一座“石包”，禁不住大声称奇，遂请教导游小姐。她笑了笑，说：“有一首长唱不衰的蒙古族民歌，叫作《敖包相会》，唱的正是它。”敖包的作用之一，就是蒙古族青年有情人相会的地方；其次，就是蒙古族人祭天祈福之地；再就是有古汉人的烽火台作用——如草原上发生了什么意外灾情，或外族人入侵，在敖包山上点把火，方圆数十里的人见了，就会立刻行动起来，或抢险救灾，或抵御外敌。我和团友们听了，连连赞许，并按当地风俗每人手执一块小石头，顺时针绕敖包山转了三圈，然后把石子放到敖包山上，对着“山门”虔诚许愿，并随心意捐上“功德钱”。此时，导游又笑道：“敖包挺灵验的哩！它会保佑你们旅途快乐，一路平安！全家幸福！”我们都高兴得大笑起来。我对她说：“但愿是这样！我们这是入乡随俗，‘例行公事’喽！”

嗣后，驱车数十里，来到昭君墓园。入得园来，满目绿荫花影，清池碧流。王昭君像亭亭玉立，背依莽莽阴山，面朝茫茫大漠，款款欲行。

“昭君墓是蒙汉和亲的历史见证，王昭君是汉蒙亲善的象征。”我对西汉王朝那段“和亲历史”略知一二，遂动情地同团友们聊了起来。继而，我们漫步进入一座汉白玉牌坊，王昭君和她丈夫呼韩邪单于并骑一匹高头大马的塑像立现眼前，在丽日蓝天的映衬下，是那么威武雄健，又是那么情态可掬。兴之所至，团友中有一位陈姓长者偕发妻分别穿上了当地游商提供的胡服汉装，像模像样地在塑像前照了一个“现代蒙汉和亲像”，惹得众多游人都笑弯了腰。“老夫聊发少年狂喽，哈哈哈！”老陈忘情地搂着老妻的腰肢，笑得前仰后合。

夜幕垂空，西风弦月，蒙古包里篝火通明。我们深圳一行随着一帮异地游客参加了篝火晚会，尽情地观赏了原汁原味的蒙古族歌舞表演。在“大家乐”时间里，梨园出道的老陈兴致勃勃地穿上蒙古族服装，踩着韵律鼓点，拉起一个美丽的蒙古族姑娘的手就有板有眼地跳了起来。他的老妻坐在一旁，津津有味地看着，为老头子的返老还童笑出了眼泪，拍红了手掌……

（2002. 10）

石林奇观与传说

日前，笔者有幸一睹驰名中外的“石林”的风采，并耳闻许多神奇的传说，至今仍常常萦绕脑际……

有“天下第一奇观”美誉的石林，坐落于云南省路南县境内，距昆明市80余公里。路南，是彝语“鲁乃”的译音，意为“长满黑色石头的地方”。诚然，这里奇石满目，石峰拔地而起，或如春笋，或似巨柱，或若古塔参天，或像少女玉立……这些奇峰异石重重叠叠，簇簇丛丛，广达45亩。极目远眺，仿佛是一片黛色的森林，宽阔浩瀚，莽莽苍苍。

何以会有此自然景观？据考，大约在2.7亿年前，这儿还是一片汪洋大海，属于滇黔古海的一部分。在这片大海里，生长着许许多多能构成碳酸盐的生物。这些生物在炎热的气候条件下，不断死亡——腐烂——沉积，终于变成了凝固于海底的巨石。后来，随着地壳造山运动的出现，大海慢慢消逝，海底升为陆地；海底那原来较高的部分就形成了山头。石灰岩层本来是一个硬实的整体，可由于地壳运动的巨大的冲击力而产生了裂痕。含有酸性的雨水年复一年地渗透到裂缝中，将岩体不断溶蚀，再加上炽热阳光的曝晒，岩层缝隙的溶解分割急剧产生，一些石芽被切开，遂逐渐发展为石峰、石柱、石笋……年久日深，终于形成了今天的“石林”。

路南石林发现于明末清初，历经数百年的开发，现已成为国家级的著名风景名胜区。

石头，潜移默化地滋生着彝族人民的文化，而长期与石头并存的彝族人民又以自己纯朴、古老的文化，赋予每一块石头以灵性，并给它们抹上了一层神秘的色彩——

相传在很久以前，彝族先民欲于现在的南盘江上修筑一道拦河坝。其时，有一位名叫金芳若嘎的彝族青年为实现这一壮举，遂单枪匹马闯入神仙洞府，偷出“调山令”和“赶山鞭”，像赶羊群一样用神鞭抽打着四山八岭的巨石，向南而行。走着走着，他感到非常疲倦，想休息一会儿再走。谁知他一坐下来就睡着了；待到鸡鸣天亮时，“调山令”和“赶山鞭”都失灵了。四山八岭的石头就在这里生了根，于是成了“石林”。又传说这连片的石头是鲁班赶来的。也有人说是“八仙”中的张果老赶来的，其“依据”是在石林里有一张石床，因张果老曾经睡过而“仙气”缥缈……尽管关于石林的传说不一，可各富情趣，充分显示了彝族人民的丰富想象力。

在民间，还流传着“阿诗玛”的故事。

阿诗玛是一位美丽善良、勤劳纯真的撒尼姑娘。她与英俊勇敢的彝族青年阿黑相爱。但是，恶霸热布巴拉硬要逼阿诗玛嫁给自己的儿子，并派人抢走了阿诗玛。倔强的阿诗玛不为权势所屈服，不为金银所利诱，遂被热布巴拉投进了石牢。阿黑闻讯前来营救。凭着他的勇敢机智和手中的神箭，打败了热布巴拉的家丁，救出了心爱的姑娘，骑着他的骏马欢欢喜喜地回家。殊不知凶狠恶毒的热布巴拉放洪水冲散了这对情人。阿诗玛沉没水中变成了一尊巨大的石峰。“她”体态修长，背着竹篓，含情脉脉的目光凝望着远方。有人说，她在期待着阿黑哥，又有人说，她在憧憬能重返人间……解放后，此故事被改编成电影《阿诗玛》，拨动了亿万中国各族人民的心弦……

那天下午一时许，雨后初霁，空气清新。我们来自深圳的几位游人在导游小姐小任和小方的带领下，游览了石林。

步入石林，雄伟壮观的景色令人目不暇接。在石林的大门旁，一泓碧波荡漾的池水映入眼帘——这就是“石林湖”，乃我们敬爱的周恩来总理于 1956 年游览石林时所倡建的。湖中有石，水上有桥，四围绿树红花，山雀啁啾。幽雅清新，韵致迷人。

跨过小桥，便是石林的“门户”。进入门里，但见峰回路转，怪石嵯峨。穿过迂回曲折的狭道，一方绿草如茵的坪地令人眼目一亮。草坪周围耸立着一座座石峰，酷似中世纪欧洲的城堡，威严凛然。

迎面的峰壁上，清人所书的“石林”两个隶体字遒劲苍朴，红漆漆之，分外抢眼。这儿又被称为“石林胜境”，前人的题刻“千峰竞秀”“群岩拥翠”“拔地擎天”和“云石争辉”，还有朱德委员长的题刻“群峰壁立，千嶂叠翠”等琳琅满目。此人文景观，既是石林景色的写照，同时也启迪游人要有“石”的品格和气魄。真令人扼腕抵掌。

进入石林腹地，渐觉昏暗。抬头仰望，猛见一块巨大的盘石系于两座巍峨的石峰之间摇摇欲坠，令人毛骨悚然，冷汗沁出。这便是“千钧一发”景观。方小姐笑着对我们说：“那块大石头若掉下来砸到了谁，谁就会成仙升天，能见到玉皇大帝。”我们都从它的下方匆匆而过，谁也不想去“见玉帝”。

有的石道窄小，仅可容一人侧身通过。方小姐又笑道：“过道时如果谁的身子没有挨一下石壁，谁就能长命百岁。”然而，谁又能够做得到呢?

我们顺着林间狭道时上时下，忽高忽低，我们的心情也一紧一松。我们左盘右转，气喘吁吁。然则两旁那形状奇特的石峰好似栩栩如生的动物造型，给了我们无限的遐想——

“凤凰梳翅”“双龙戏珠”“大象踞台”“犀牛望月”……充满了柔情和温馨，使我们平添几许乐趣，忘了疲劳，继续探胜。

在石道旁，平卧着一块巨型“响石”，凡过道者均以石头敲之，“当当”然，俨然金属音韵，煞是悦耳。任小姐嫣然一笑，说：“凡敲三下响石者，可保合家平安。”我们都照着做了，且敲石时心里充满了虔诚。但从我们身边走过的两位“老外”，就是不敲一下——也许他们并不晓得个中“奥秘”？或许怕损坏这自然景观?

一会儿，我们来到“剑锋池”。但见一座石峰自池底冲波而起，直刺云天。方小姐告诉我们，这就是“剑锋”，是阿黑哥当年在救阿诗玛途中与热布巴拉的家丁搏斗时折断的，后来就变成了这座石峰。

离池不远处，有个“拳打脚踢”景点，那“拳脚印”分别有 2 米大小，形状逼真。任小姐对我们说：在危急时刻，阿黑哥见石壁挡住了去路，遂奋起神威，一拳打开一个洞，一脚踢穿一片石壁。虽然这是神话，可我们听了还是对阿黑哥的壮举赞叹不已。

纵目剑锋池，只见涟漪荡漾的碧水环绕石峰，千姿百态的石峰或斜或立，或高或低，参差不齐而错落有致，当地人称之为“石黍硕硕”，极具情趣和艺术感。

离开剑锋池，我们向北沿着一条羊肠小道蜿蜒而上，猛然发现一朵石莲开在云端。任小姐告诉我们，这就是著名的“莲花峰”。这朵石莲硕大无朋，高达 30 多米，酷肖观音菩萨的莲座。我们攀了上去，站在莲蕊中间，仰首蓝天白云，颇有超尘脱俗之慨。

距莲花峰不远，又见一巨石嵌于一排石峰之上，伟岸，峥嵘，形如冠盖。方小姐笑道：“那是拿破仑的皇冠……”

观罢“皇冠”，便沿另一小径走出石林，来到“阿诗玛”石峰前，旅友们都心情激动，遂在“她”的面前合影留念……

当我们离开石林，驱车往昆明时，心里仍久久难以平静——为石林奇观乎？为阿诗玛等的美丽动人的传说乎？似乎二者兼而有之。此时此刻，我们的心中只有一句话：“石林哟，何日再重游?!”

（1996. 6）

美丽的蝴蝶泉

深秋时日，笔者与罗湖区一班文友自深圳飞往美丽的云南，在游览了有“山水天下秀”之誉的大理的几处胜景之后，一天下午，在“金花导游”马惠小姐的引领下，驱车至周城北一公里处，又饱览了“蝴蝶泉”的可餐秀色。

我们在蝴蝶泉公园门口下车后，一进门，郭沫若手书的“蝴蝶泉”三个行楷字赫然在目，字体遒健俊秀，描金，阴文，镌刻在一方几米高的大理石牌坊上，我们不禁赞叹连声。

嗣后，我们沿着一条绿竹成荫的800米长的石道，徒步而进，十余分钟后，便来到了苍山第一峰云弄峰下的蝴蝶泉发源地。我们驻足静观，但见在绿林丛中，有一泓约50平方米的泉池，池中泉水，带着圆圆的小气泡从米许深的池底的鹅卵石和白沙中汩汩涌出，是那么清冽，那么纯净，那么透明。池的四周有嫩白色的大理石块和方形石柱环抱，构成一道多边形围墙，卫护着泉池。临山池壁的一片洁白的大理石上，又镌刻着郭沫若题写的“蝴蝶泉”三个大字，苍然而醒目。周围古木蓊葱，一株高大郁翠的“蝴蝶树”横跨泉上——据“金花导游”说，此树植于明朝成化年间，至今已有500余年的历史。每逢初夏，农历三四月间，此大树开花时，苍山洱海边上的各色蝴蝶便飞到这里“集合”，异彩纷呈，蔚为奇观……本世纪60年代初放映的电影《五朵金花》中金花姑娘所唱的一首歌，对此情景做了生动而真切的描绘：“大理三月好风光，蝴蝶泉边好梳妆，蝴蝶飞来采花蜜，阿妹梳头为哪桩？”

此时，正值深秋，没见到蝴蝶在枝间飞舞，但却听到了“金花导游”马惠小姐告诉我们的一个有关蝴蝶泉的美丽动人的故事传说——

从前，云弄峰的神摩山下有一个年轻英俊的樵夫，名叫霞郎，与山下水潭边的一位名叫雯姑的美丽姑娘相爱。他们俩心心相印，经常在潭边对歌，互赠小礼品留念。雯姑的美貌，传到了洱海边一个恶霸虞王的耳中。他垂涎三尺，欲纳雯姑为小妾。雯姑正色拒绝，虞王就来抢亲，抢走了雯姑，还杀死了雯姑的父亲。霞郎闻讯，遂用计救出了雯姑。虞王发现后，即派卫队追捕。他俩奔跑至水潭边，前无去路，只好双双跳入潭中。这时，突然电闪雷鸣，暴雨倾盆，虞王的卫队当即被雷劈死被电烧死……一会儿，雨过天晴，潭中飞出了一对蝴蝶——这就是霞郎和雯姑。从此，人们把神摩山下的水潭叫作“蝴蝶泉”。

美丽圣洁的蝴蝶泉，是爱情的“泉眼”，深为白族人家所喜爱，历代吸引了不少骚人墨客。明崇祯十二年（1639），著名地理学家、旅行家徐霞客曾游览于此，后来在其《滇游日记》中云：“蛱泉之异，余闻之已久……泉上大树，当四月初即发花如蛱蝶，湎翅栩然，与生蝶无异。又有真蝶千万，连须勾足，自树巅倒悬而下及于泉面，缤纷络绎，五色焕然。”1961 年 9 月，郭沫若来到大理参观，特地到蝴蝶泉一游，除亲题“蝴蝶泉”三字外，还作《咏蝴蝶泉》一诗，曰：“蝴蝶泉头蝴蝶树，蝴蝶飞来千万数。”“五彩缤纷胜似花，随风飘摇朝复暮。”“合欢古树罩深潭，泉沫冷冷清似露。清茶酹祷蝴蝶魂，阿雯阿霞春永驻。”……

马惠小姐娓娓道来，令我们如痴如醉。说罢，她又指着蝴蝶泉出口处那飞珠溅玉的泉流笑着对我们说：“用清泉洗洗脸，可夫妻和睦，家庭幸福。霞郎和雯姑真诚地祝福你们!”于是，我和文友们都纷纷捧泉水洗脸，有的还痛饮几大口哩。我想：马导游的善良愿望何其感人。不管此说“灵验”与否，反正一洗一饮，清凉爽快!

尔后，我们越过蝴蝶池，沿着神摩山石径拾级而上，攀上了“望海亭”。伫立其间，蝴蝶泉公园景观尽收眼底；纵目远眺，百里洱海碧绿苍茫，幽静深远；回首凝望，苍山环列，雄浑峻拔，峰峰入云。斯情斯景，令我陶然，不禁低吟：“步步是景，处处是诗；天章云锦，尽在大理……”

（1996. 10）

冬日登华山

初冬时节，笔者飞临陕西；在办妥公务之余，怀着猎奇与“征服者”的心情，于一天上午同老胡、小王等友攀登了西岳华山。

华山坐落于关中之东南，海拔2160米，为五岳之一。峰峦陡峭险峻，雄奇嵯峨，乃中原之一大景观。

那天凌晨5点钟，导游小李逐个把我们唤醒。我们睡眼惺忪地吞下了一包即食面，带了一瓶矿泉水，打起精神，便跟着他披着黎明曙色一脚高一脚低地在“自古华山一条路”上攀爬。

山腰以下那段路，有20余华里长，坡度比较平缓。我们走了约一个钟头，天大亮了。只见绿树掩映，山花点点；又闻鸟雀啁啾，溪流浅唱。我们一边说笑一边爬，倒也写意。考虑到前面的路还很长，我们都舍不得饮矿泉水：喉头干了，就捧一口清凉的溪水滋润滋润。

走了两个多钟头后，小溪断流了，山势也陡了起来。我们开始喘粗气了，晶莹的汗珠不断地从额角上冒了出来。好在干冷干冷的山风在驱散着我们浑身的热气。这时，沿路都有当地的轿夫在“请”我坐竹轿（俗称“滑竿”），可我们都笑着婉拒了。我且挺认真地对轿夫说：“我们爬华山，靠的是自己的双腿，如果让你们抬上山顶，那就失去了登山的本意了。”沿途，小李还深情地对我们讲述了当年人民解放军“智取华山”的英雄壮举和华山“毛女洞”的神奇故事……我们边爬边听，似乎忘记了疲劳。

穿过“五里关”，翻过“十八盘”，越过“吕祖殿”，我们踏上了“青柯坪”。此处路边有一巨岩屹立。小李告诉我们，此石名叫“回心石”，意谓游人至此“回心转意”仍可，否则一攀上艰险路途，遂若骑虎，那时后悔莫及矣！可我们并没有“回心”，仍然继续抬脚举步。

果然，行了不过几十米，劈面而来的是“天下奇险华山千尺幢”。但见整座山峰草木稀疏，淡紫色的火成岩重重叠叠；一峰峥嵘，直插霄汉，峭壁悬崖，摄人心魄。小李反复叮嘱我们：“攀险峰，既要胆大，又要心细，安全第一！”说罢，一声“上”，我们便跟着他手抓铁链，脚蹬石阶，在不足一米宽超过60度的山道上攀援。“上！上！”我们一行互相鼓劲，互相照应，一步一步地拾级而上，几寸几寸地向北峰挺进。我们气喘如牛，喉干舌燥。这时，挎包里的矿泉水可发挥了巨大的功能：我们大口大口地喝下，仿佛饮琼浆玉液，滋心润肺，解热生津。

征服了千尺幢，又跨过了百尺峡，前面是更为险峻的“老君犁沟”。

何谓“老君犁沟”？小李眉飞色舞地说道：“相传千百年前太上老君在华山修炼时，见当地百姓开山辟道艰难万分，不禁动了恻隐之心，遂连夜驱使神牛犁成此沟，故名。”我们身临此境，只见窄窄的石道斜依悬崖，这边厢是千仞绝壁，那边厢是百丈幽壑，真乃“猿猴愁攀援”，令人头晕目眩。可我们凭着坚韧不拔的意志，顽强的毅力，驱动着两只脚，硬是翻越了犁沟。

过了老君犁沟，峰顶在望。这样，经过了总共 6 个多小时难以言喻的艰辛拼搏，华山北峰之巅终于被我们踩在脚下！在凛冽的西风中，我们鸟瞰三秦，纵目八百里秦川，不由心旷神怡，敞开襟怀放声呼号，抒不尽那种征服者的喜悦……

山顶有间照相亭子。女主人见我们如此开心，赶紧前来兜揽生意：“先生们，照个相留念吧。”我们欣然允诺：“好啊，人生难得一回登华山！”照“快相”，两分钟即取，何乐而不为？

于是，小王吹着女主人借给他的竹笛，老胡凝目傲视群山，我则乐呵呵地手搭小李的肩膀——闪光灯一闪，留下了美好而永恒的一瞬！

（1995. 12）

慈恩寺与大雁塔

深秋时日，笔者飞往西安，游览了驰誉中外的名胜古迹慈恩寺和大雁塔。它们那朴拙雄奇的建构，虽逾千年犹熠熠生辉，实乃我中华民族之瑰宝……

慈恩寺（亦谓“大慈恩寺”）位于西安（古称“长安”）城内晋昌坊东半部，南望终南山，北对大明宫，近依曲江池，四围杏林掩映，芙蓉绽笑，景致幽美，堪称“风水宝地”。此寺始建于唐贞观二十二年（648），乃唐高宗李治做太子时，为缅怀其亡母长孙皇后而令人建造的，故名“慈恩寺”。

慈恩寺规模宏大，内含10余院，厢房千余间；琉璃碧瓦，飞阁重檐，壮丽非凡。寺门内，钟、鼓楼东西对峙。钟楼内悬明代铁钟一口，重达3万斤，高逾3米，钟声可播十里之遥。鼓楼中置一巨鼓，径盈米，声响如雷。

大雄宝殿是慈恩寺的中心建筑，是礼佛诵经之所，殿内有三身佛、观音菩萨和十八罗汉塑像；还有“法堂”，堂上塑有佛祖释迦牟尼铜像，乃讲经说法之圣地。置身其间，颇有“超尘脱俗”之慨。

据史载，唐代“圣僧”陈玄奘于贞观十九年（645）从印度游学取经载誉荣归。慈恩寺落成之当年，太宗皇帝即以隆重的礼仪，请他入寺充任“上座”。玄奘遂在此寺专务经术译著达11年之久。唐代著名画家吴道子等，曾为慈恩寺作过不少壁画；著名诗人王维等，亦为之题诗不少。惜乎这些诗画早为岁月的风尘所湮没，游人对之只有惘然兴叹而已。

穿过大雄宝殿，迎面而来的便是大雁塔。据史称，陈玄奘在慈恩寺译经期间，为存放从印度带回来的经书和佛像，在唐王朝的允准和资助下，于唐永徽三年（652），在寺中建造了一座高五层的大雁塔；武则天长安年间（701—704）重建，塔高增至七层，一直雄踞三秦大地，至今已近1300年历史。

大雁塔通高64米，直耸云霓，为西安市建筑之制高点，底边长25米，座边长45米。塔色浅黄，塔身呈方形角锥状，青砖砌就，为楼阁式砖塔之典型，富有浓郁的民族特色。

大雁塔造型壮美，古朴庄严。檐下用砖砌出仿木构的栏额、斗、枋，塔身外壁砌成仿木构之隐柱，形成一个个开间，设计精致，建造坚固。各层四面均有券砌拱门。塔内有角度较大的木制楼梯。拾级而上，登临极顶，西安全景尽收眼底。据史云，唐代学子，凡及第进士者，必登大雁塔题名，谓之“雁塔题名”。后相沿成习。唐代的骚人墨客，亦频频登塔咏诗抒怀；诗圣杜甫等，均在此留下了不朽诗章。

大雁塔底层南外壁，对称地镶嵌着唐代著名书法家褚遂良手书的两块石碑。碑文一块是唐太宗为陈玄奘所译佛经而作的总序《大唐三藏圣教序》，另一块是唐高宗为《圣教序》所作的纪文。笔迹酣畅流丽。碑侧阳刻蔓草花纹，图案优美，线条生动；碑额和碑座上的蟠螭、天人乐舞等浮雕，栩栩如生，呼之欲出。在塔下四门洞的石楣和门框上，均有精美的唐代线刻画。特别是西石门楣上的线刻《殿堂图》，古色古香，出神入化，堪为稀世之珍。

（1995. 10）

那方山水那方情

忙里偷闲，笔者日前与友人前往宝岛海南一行，走马观花地游览了几个名胜景点。返回深圳后，不时回味起那方山水那方情，不禁情难自已，遂诉诸笔端……

那天上午，飞机在海口机场着陆后，我们稍事休憩，便在导游小李的引领下，参观了琼台书院。

人们大概还记得20世纪60年代初上影的彩色粤剧片《搜书院》吧！此片的题材，就是源于清朝雍正年间发生在琼台书院的一个动人故事的。

琼台书院坐落于海口府城文庄路侧，坐南朝北，以“魁星楼”为主体建筑。魁星楼上为“进士厅”，下为“院政掌教处”，典籍甚丰。楼前有斋舍两进，两厢有课堂数间。中有“天井”，井旁盛栽奇花异卉；庭院立有刻碑数座，长有合抱椰树几株。整座书院古朴清幽，书香袭人。据刻碑的记载和导游小李的介绍，琼台书院始建于清康熙四十四年（1705），其时为琼州最高学府。书院每年均向全琼州招收员生，传道授业以应试。

曾先后有多位员生及第进士，十数员生中举——这在当时国中诸郡县州府学堂中，是出类拔萃的。

自20世纪起，琼台书院数度易名。1902年改名琼州府学堂；后又改称琼州中学校、广东省立琼山师范学校；1951年，则命名为琼台师范学校。现为海南省4所重点师范学校之一。该校以造就英才众多而享誉中外。

琼台书院已被列为海南名胜古迹保护单位。历年来，中外人士、华侨、港澳台胞等慕名而来参观游览者络绎不绝。

翌日下午，我们游览了胜景东山岭。

甫下车，一场“过云雨”便把我们浇得不亦乐乎。然而，雨后的东山岭，山更青，水更秀，花更艳，空气更清甜。

我们谢绝了一些轿夫的好意，挪动双腿，爬到了半山腰。猛见一巨石耸立路旁，上镌“海南第一山”五个苍朴遒劲的大楷字，红漆漆之，分外醒目。我们伫立石旁，但见东山岭三峰并峙，山中怪石嶙峋，岩洞幽深，古木扶疏；那摩崖石刻，更是雄奇多姿。“七曲巢云”“正笏凌霄”“冠盖飞霞”和“瑶台望海”等景观，千姿百态，朴拙神奇。

山中有座天造地设的“弥勒佛宫”。弥勒佛赫然端坐于一巨岩之上，笑对游客，也笑看大千世界。不少游人都依在他的身旁，与之一起摄入镜头。

山顶上，潮音寺、东灵寺以及华封仙岩等胜迹，古色古香，令人叹为观止。东山岭主峰下的南宋名相、抗金英雄李纲塑像，比肩青山而立，又给人以“只知有国不知有身，浩然正气长留千古”之概……

第三天，旅游车把我们载到了三亚市的“鹿回头”公园。

这个公园位于南海之滨，坐落于一座海拔不过百米的山峰之上。园中绿树掩映，山花绰约，奇石嵯峨。最引人注目的是山顶上的一座“鹿回头”雕像。雕像高 15 米，重逾百吨，是目前海南岛内规模最大的花岗岩雕塑，由著名雕塑家林毓豪创作而成。雕像中为一“回头”巨鹿，两旁依着一对黎族青年男女，栩栩如生，呼之欲出。

关于这“鹿回头”，导游小李告诉我们一个美丽动人的神话故事——

在很久很久以前，有一位黎族青年猎手，头束红巾，手持弓箭，从五指山追赶一只坡鹿，直至南海之滨的一座山巅之上，可悬崖之下便是茫茫大海，前无去路。猎手正弯弓搭箭时，忽见红光一闪，烟雾腾空，坡鹿蓦然回过头来，变成一位美丽的黎族少女。后来她便和青年猎手结为恩爱夫妻……

后人根据这个神话故事，便称该处山寨为“鹿回头”。

我们站在塑像前，纵目漫山遍野的红花绿树，眺望茫茫南海之波光帆影，品味那个动人的神话故事，心里充满了幻想与神奇。

第四天上午，我们的游足踏入了海南岛的最南端——“天涯海角”。所谓“天涯海角”，即“天之边缘，海之尽头”，古人地理常识欠缺，故有此谓。

“天涯海角”这个祖国南陲的风景区，位于三亚市西南海滨，陆地面积 10 平方公里，海域面积 6 平方公里。我们站在滩头，只见烟波与风帆齐飞，碧水共蓝天一色；十里银滩，奇石峭立；椰树婆娑，百卉争春。游人临风对景，仿佛身置蓬莱仙境。尤其那刻有“天涯”“海角”和“南天一柱”等文字的巨石，雄峙海滨，堪为海南一绝，引来不少游客驻足仰观，拍照留影。

景区内还有海水浴场、钓鱼台和游艇等娱乐设施，又有一个由“点火台”“望海阁”“怀苏亭”和曲径通道组成的登山多层次游览胜地。我们一行流连于“天涯”，戏浪于“海角”，漫步于通幽曲径，驰怀于苏子亭前，大有“乐不思蜀”之感。

当天下午4时许，我们依依不舍地告别了海南，登机返深。当我在8000米的高空，透过舷窗鸟瞰渐渐远去的海南的明山秀水时，我不禁在心里头热切切地呼喊：

“美丽迷人的宝岛啊，此刻别去期无限，未知何日再重游?”

（1995. 8）

美哉冠云峰

在深秋一个雨后初霁的下午，笔者同几位深圳友人来到了江南名城苏州阊门外的一座历史悠久的古典园林——留园。此园占地面积 2. 33 公顷，园内建筑精巧，花木扶疏，池水碧透，峰石崔巍，是一处难得的“城市山林”。尤其是鸳鸯厅北小院的主景——冠云峰，更是吸引了我们的视线。

冠云峰乃国之瑰宝，来历颇具传奇色彩。据史载，北宋末年，宋徽宗在京都开封大兴土木，建造“寿山艮岳”。为营造这座皇家园林，特设苏杭应奉局，委派官员广搜江南奇花异卉和湖石名峰，组成“花石纲”北运开封。此举大大地劳民伤财，以致国库亏空。适金兵大举南侵，宋军遂无力抵抗；最终宋徽宗还未来得及在“艮岳”中享乐，便被“北狩”，当了金国的阶下囚。

北宋亡后，已搜集的一批湖石名峰未及北运，就留在了江南——产于太湖的冠云峰就是在这种情况下侥幸遗留下来的。其后几经波折，至清同治十二年（1873），这一奇石名峰终成留园一宝。

冠云峰素白，高6.5米，据称是我国现存最高的湖石名峰。古人品赏石峰的审美标准是瘦、透、漏、皱。冠云峰高大伟岸，壁立当空，峭然耸峙，清秀瘦挺。右上半浑然块垒，笼络起隐；左下部文理纵横，皴皴若裂——导游云：若从峰顶斟一杯水，水流通过石体内洞穴缝隙，可弯弯扭扭地流到石脚底；如代之以一小珠，亦能自峰顶透过石内洞隙滚至石脚下哩。冠云峰从整体看阴阳开合，刚柔并济，形神兼备，俨然君子，堪称石中极品。冠云峰临水而立，又如一妙龄女子对镜梳妆。其时适逢天高气爽，水池中映现的蓝天白云和冠云峰倒影，与浮莲游鱼相伴，益觉丽媚可爱。从峰石西北侧观之，石背一条弧线微微前倾，恰似身着披风的观音娘娘；其卜石座犹若一只老鼋，观音脚踩老鼋，怀抱婴儿，慈祥地望着前来观赏祈福的骚人墨客；她那俏立的形象，又酷似云南石林的“阿诗玛”……

“美哉，冠云峰！”笔者不禁从心底里喊了出来！

（2003.9）

花山谜窟探谜

人间四月天，花香草绿时。皖南屯溪东郊的新安江在哗啦啦地流淌，似在笑迎络绎不绝的远方游客。

那天上午九时许，春阳高照，我们的旅游车在新安江畔一个大坪子上停了下来。甫下车，迎面一山坡上几行鲜红的大字便直扑眼帘：“花山谜窟/江泽民/二〇〇一年五月廿日”“啊！到了‘花山谜窟’啦!”我同旅友们不约而同地欢声叫了起来……

穿过一间灰白色的桥头小屋，跨过一道晃悠悠的百米索桥，我们来自深圳的一行 5 人进入了花山幽径。在明媚的阳光下，花木扶疏，飞红涌翠，谷野流芳。我倍感心旷神怡。导游吴小姐边走边娓娓述说：“‘花山谜窟’1 号石窟是 20 世纪 60 年代当地一个农民进山采药时发现的。他报告了政府，引起了重视。后来文物考古工作者在此山又陆陆续续发现了 35 座。目前开发的是 2 号和 35 号石窟，供游客参观。”在她的引导下，我们先后参观了这两座石窟，特别是 35 号石窟，给我们留下了深刻的印象。

35 号石窟位于花山右侧半山腰。进入宽阔的石门，顿觉凉风扑面。导游笑道：“石窟里一年四季恒温，15 摄氏度，人们就感觉到冬暖夏凉啦。”越往里走，越觉凉风习习，气韵清爽。我问导游：“是不是石窟尽头有个出口，形成空气对流?”她回答道：“没有。”我心想：这是一个谜呐。

走到下面约10米深处，在灯光的映照下，但见一泓“绿水”。岸边一牌示曰：碧水潭。潭深2米许，碧透见底。导游说，这个石窟原先是给水浸至18米深的，抽水机抽了老长时间；可抽到这碧水潭水位时，就再也抽不干啦。有人推测，可能此潭跟新安江相通，所以抽不干。但后经测量，它的水平面比新安江高出两米！这是否地下河“作怪”？目前尚无定论。这又是一个谜。

35号石窟规模宏大，气势恢宏，纵深100余米，垂直深度近20米，面积达12000多平方米。头上是石顶，脚下是石板，厅厅室室或如台阶，或纵横交错，石柱林立。令人称奇的是，石柱均为上大下小、底座弯曲上翘，形如古代武士的长靴；且每一厅室皆是成“品”字形的3根。“三点为一平面，是最稳固的。”导游小姐又笑道。根据所出土的文物考证，石窟建于晋代，距今已有1700年矣；然当时建筑工匠的数学与力学理念竟如斯之高深！爿爿石壁凸纹排列有序，人在洞内高声说话都不会有回音，古人的声学天赋也着实令今人折服。这些都不能不是谜团。

这些石窟是派什么用场的？屯兵乎？积粮乎？避难乎？如此浩繁的工程，在那生产工具和科学技术都落后的古代，是怎么完成的？……历代典籍均无一字记载。所以，当我们走出这有“中华一绝”“古徽州石文化历史博物馆”之誉的石窟群时，导游小姐深情地告诉我们：此处原来叫“花山石窟群”。前年5月江泽民同志参观后，见有许多难解之谜，遂应当地领导之请，将之改名为“花山谜窟”，并欣然命笔，留下墨宝……

（2003.5）

第六辑

Chapter 6

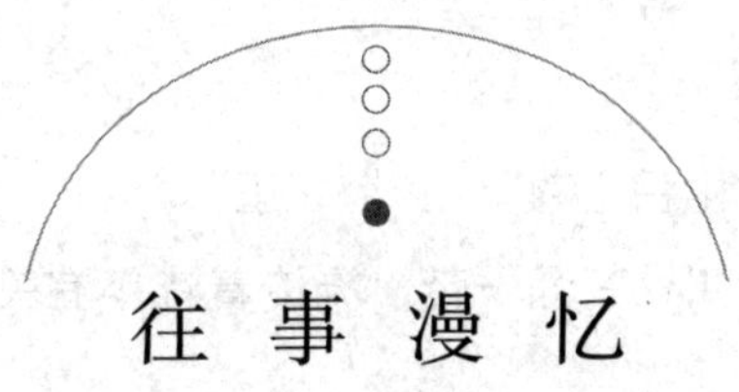

往事漫忆

WANG SHI MAN YI

昔年猛虎事

虎，乃“山岳之尊”“百兽之王”。

在我们大鹏、葵涌一带，流传着昔年有关老虎的种种奇闻逸事……

在20世纪上半叶之初年，深圳（她的前身为宝安县）东陲之大亚湾和大鹏湾一带的苍山莽林之中，常常有老虎（均属华南虎）出入，在那儿繁衍生息，亲眼所见者不乏其人。

诚然，旧阵时，乡下山岭的老虎真多！每到下午五六点钟光景，老虎公老虎嫲就带着老虎仔，“嗷嗷”叫着从石崖山（按：排牙山的俗称，为大鹏与葵涌的分界山，是深圳市第三高山）下来寻食——山猪呀，狐狸呀，豺狗呀，以及蛇鼠呀，等等，都是它们的肚中之物。如果在山腰山脚找不到食物，饥饿的老虎就会跑进围村偷袭猪牛鸡狗。因此，家家都闩门闭户、锁紧猪牛栏，真令人寒心！但是，正像老古言语所讲的那样：“人怕三分虎，虎怕七分人。”别看老虎来势汹汹，可它一般是不会先伤人的。

据传，有位姓刘的女子，她在20岁那年深秋，刚出嫁不久。有一天下午，她和围村中几个姊妹跑到排牙山腰一处叫作“观音坐莲”的地方割草（用以烧水、煮饭菜的芒箕草）。日头西斜将近衔山时分，那几个姊妹担着草先下山了；她也割了一大担草，却落在后头，拼力挑将起来，一步步地下山。但奇怪的是，刚才还蝉鸣鸟唱的山林，这时却突然变得很静、很静，鸦雀无声，只剩下小溪的流水，在空寂的山壑间潺潺鸣唱……

她不禁心里一阵发毛——她曾经听老人家讲过：老虎是山岳之尊，百兽之王。它到了哪里，哪里的飞禽走兽蛇鼠草虫就会噤若寒蝉，赶紧躲藏，“大气都唔敢出”……想到这里，她不由得双腿发颤，冷汗直冒，“真系心肝仔都跳到了喉咙眼”，遂一脚高一脚低地沿着芒草丛生的羊肠小道匆匆落山，心里反复祈祷：“请观音娘娘大慈大悲，保佑小女子平安大吉！”

但她行了不够10丈远，忽然感到扁担一头的草把好似被什么东西冲撞了一下子，令她几乎失去平衡。她下意识地喊了一声：“谁呀?!”同时扭头一看——天呀！这一看可不得了，但见一头如成年黄牛牯般大小的斑斓白额猛虎，正睁眼咧嘴气咻咻地站在她身后，斗大的老虎头紧挨着她的草把尾！

她吓得魂飞魄散，“啊——”的一声，两腿一软，连人带草跌坐在山路上！心想：这下没命了，要喂老虎了——可怜我青春年少才“过门”（出嫁）不足一月哪……

正当刘氏濒于绝望之时，奇怪的事情出现了：只见那只斑斓猛虎用嘴拱了拱草把，鼻孔发出“哧哧”两声，又张开血盆大口仰天长啸几声，便扭转身子，踏着芒草荆榛，向着排牙山深处“簌簌”而去，一会儿就消失在茫茫林海之中……

刘氏悠悠然从晕眩中苏醒过来，马上双膝着地，两手合十，望空遥拜，口中念念有词："千多万谢观音娘娘的救命大恩!"

还有一则老虎"被动"伤人人"拉麻"的故事——

在20世纪二三十年代，盐灶围有个周姓"酒醉佬"，在一个月光夜一脚高一脚低地到其家后面小山边大便。完事后，猛见一只黄斑老虎（时人对华南虎的俗称）正蹲在离他不足两丈远的杂草丛中！他头皮一麻，吓出一身冷汗，酒也醒了几分，却仗着烧酒后劲，想赶走老虎，就从地上捡起一块拳头般大的石头，"呼"的一下子砸向老虎，"嘭"的一声正中虎背。老虎大怒，一声"嗷"叫，飞身而起，扑向周氏，一口咬住了他，拖着他朝村前排牙山而去。

虎吼声惊醒了村中人。人们便扛着锄头铁搭，敲着铜盆铁板，点着竹仔火把，齐齐出门驱虎救人。

当那只老虎拖着周氏经过"段心"（地名）的一块麻田时，周氏出于求生的本能，遂手拉麻梗，试图脱身。但麻根太浅，怎么抵得住虎劲？于是，麻树仔被拔下了一片又一片……

当一众村民出村时，也许老虎慑于"人威"，便松了口，放下酒醉佬——周氏由是捡回了一条命。

据考，自20世纪30年代末日本鬼子"打华南"、从大亚湾登陆后，也许枪炮声惊吓了老虎，排牙山等山林的老虎外迁了不少；但直至新中国成立之初，深圳东部仍不时有老虎的行踪影迹。葵涌盐灶老一辈村民都记得很清楚：在1952年隆冬的一个寒风呼啸的深夜里，一只猛虎从排牙山下来，跑到小山村"阿鹊田"里，拱开江水连伯家的猪栏门，咬死了一头百几斤重的老母猪，并拖到后山"牛坳子"南麓，饱吃了一顿——主要是吃猪内脏和肌肉等软组织，猪皮猪骨则全部“留下”。第二天上午，水连伯家人才在后山窝里找到那只残缺不全的老母猪；而在从排牙山脚通往阿鹊田村的一片番薯地上，每隔几垅就发现两只钵头大的老虎脚迹……至于土洋村民于同年春用鱼炮炸死入宅咬猪老虎之逸事，民俗学专家薛丁奎先生在《葵涌掌故》一书中已有专文述及，本文就不赘笔了。

然而，自从1958年“大跃进”大批人马开进排牙山大砍树木以“大炼钢铁”以来，森林植被大减，老虎的生存环境遭到史无前例的大破坏，几无藏身之地，加上经常有人猎杀老虎以“卖大钱”，于是，老虎数量急剧下降。半个世纪以来，大鹏城和盐灶村一带人家只见闻过两次老虎——

第一次是在1965年秋冬之间，大鹏古城一帮年轻女子翻过大鹏坳到排牙山丛林砍柴时，发现“老虎岩”（地名）的石洞口有一只二三十斤黄牛崽般大的老虎崽正在“呼呼呼”地睡着。她们吓得不敢出声，暗地里互相通知，柴也不砍了，就悄悄地下山回家。

第二次是在1971年深冬，有两个深夜巡哨以防止“阶级敌人”破坏生产的基干民兵，在排牙山北麓山脚坪埔村的一片犁了“霜田”的旱地里，见到一只“两眼绿莹莹的夜老虎”，“在田埂上行来行去”“忽蹲忽跳”，似在寻找食物……两个小青年惊得“三魂不见了七魄”，连滚带爬似的跑回村中，呼叫众人去“打老虎”。但当村里十几条精壮汉子拿着猎枪、锄头、铁锹奔赴现场时，但闻山风呼啸，哪见猛虎踪影？

尔来40余年兮，人们再也没有见过老虎的踪迹！不知这些“山大王”跑到何处去了？

嘿嘿！这下可“好”，山中无老虎，山猪为大王——这期间，就有许多山猪乘夜蹿入农家田地里刨番薯、嚼谷穗、啃包黍；至于狐狸偷鸡、豺狗抓鸭的事，更是时有发生——从这方面讲，老虎实实在在成了耕田人家的保护神哩！

据报载：60多年前，我国野生华南虎尚有4000多只；如今，这种国家一级保护野生动物却锐减至不足30只，且极难发现它们的踪影，遑论实体了；而在我们大鹏、葵涌一带的莽林苍山中，几十年来也无人目睹过它们的雄姿。它们已成濒危珍稀动物矣，说不准哪年哪月会绝种，永远在地球上消失！

人类——特别是国人，对老虎历来怀有深厚的感情。老虎，不但是威猛雄武的象征，而且是最受人们喜爱的吉祥物——君不见许多人家的厅堂，多以年画或国画的老虎形象来彰显威严、镇宅避邪，以图吉祥如意？

虎的文化，虎的图腾，虎的情结……我们的生活要多姿多彩，岂能无“虎”？

我们要建立和谐社会，营造绿色环境，务必人与动物和谐相处。1979年，我国政府已明令禁止猎杀濒临灭绝的华南虎。善良的人们啊，爱惜大自然吧！好好保护、珍爱我们南疆国土上的“山岳之尊”“百兽之王”吧！作为大鹏之民，在环保与维护生态平衡诸方面，诚宜率先垂范呐。

（2010.6）

妈妈送我上学堂

我的老家在深圳东陲大亚湾畔。30 多年前，偏远、闭塞与贫穷困扰着我的父老乡亲，当地没有一所中学。所以，能读上初中者，简直寥若晨星。多亏我那在香港航船的爸爸积攒了一点小钱，而我又争气，13 岁那年考上了隔山隔水的大鹏华侨中学。乡亲们都为家乡出了我这么一个“小秀才”而羡慕和赞叹不已！

9 月 1 日开学。8 月 31 日清晨，天边刚泛鱼肚色，妈妈就起了床，为我收拾了简单的行囊：不外乎三两套换洗的秋衣和牙刷毛巾口盅之类，东西整齐地放在一个半新不旧的藤箧里，另外还准备了一个洗抹干净的铁皮罐，里面放了十头八斤米和七八条大番薯……天大亮后，妈妈炒了一海碗葱盐饭，煎了两只荷包蛋，在弟妹们那馋涎欲滴的神情中，“强迫”我吃了下去；而她，只啃了几条番薯仔。嘱咐我祖母照看好弟妹后，她便戴上了蓝凉帽，挑起我的行李，沐着初升的秋阳，送我踏上新的求学之路。

从家乡到大鹏华侨中学，必须爬过海拔近 700 米的九顿山（俗称“大鹏坳”）。我跟着妈妈穿过一片青青的稻田，便山门入目了。猛抬头，但见九峰叠翠，直上云霓。“妈，这山真高呵!”我不由吸了口冷气。“别怕高，一步一步爬上去就是了。以前，妈妈同人家担盐到大鹏卖，百打百斤上肩，天天爬，还不是挨过来了?”妈妈以她的亲身经历鼓励我。

我和妈妈继续赶路，踏上了一条九曲十三弯的石径。径边乔木森森，灌木丛杂，荆棘葛藤横空飞架，以致路中间形成了一条“隧道”。妈妈比我高大，遂弯腰曲背而上。她肩挑行李，气喘吁吁，汗流浃背，十分辛苦；衫袖又不时被荆棘勾着，稍一带劲，“嘶”的一声就是一道裂口；手、脸也被划伤。妈妈默默地忍受着，还反复叮嘱我要小心，别伤了手脚。

好不容易穿过“隧道”，又攀过枫香台，顶着高升的太阳爬过“顶死马”崖，再经过半小时的拼搏，九顿山之巅终于伏在我们母子俩的脚下了。在山顶稍事休憩，山风还未吹干妈妈背脊和前襟上的汗水，我们就下山了。涉过“打马沥”，跨过“王母河”，大鹏华侨中学就在望了。

在妈妈的陪同下，我缴了学费注了册，融进了新生的行列。可妈妈，仅在王母圩一家小食店吃了一碗撒了点盐粒的白粥，又匆匆往回赶了。临行前，妈妈一再叮咛：“乖仔，你是中学生了，要听老师的话，用心向学，将来图个好出息。以后，每隔两个礼拜，妈会送吃的用的给你的……”

望着妈妈那渐渐远去的汗渍渍的背脊，我泪眼蒙眬，并暗下决心：我一定用功读书，决不辜负含辛茹苦供我上学的爸爸妈妈!

(2001. 9)

少年乡愁

大凡上了年纪的人，乡愁总会不绝如缕——乡愁者，乃是迁徙在外的人对于故乡的回忆，包括对挚爱亲情、对自身成长历程、对家乡山山水水田园风物的回顾，等等。笔者十来岁就离家出门求学，毕业后在社会上谋生打拼，在文学艺术部门执笔为文。尔来数十春秋矣！如今归隐山陬海隅，含饴弄孙，颐养天年。然而，每当夜阑静思时，少年时代那一脉脉或谐趣、或困惑、或苦涩的乡愁，便悠然浮现脑际，历历在目……

小小红帆船

孟秋时节，返乡一行，在村头下车时，忽闻一群毛孩子在大榕树下蹦跳着扯着嗓子兴高采烈地唱《小小的船儿大大的海》那首儿歌，声音清亮，抑扬顿挫。听着、听着，童年的烂漫时光蓦然在我的眼前飞闪，那艘小小的红帆船正迎着风浪冲开我记忆的闸门……

我的家乡在大亚湾畔，村子连着茫茫大海。孩提时常在海边玩耍，下海摸鱼捉蟹。最引起我的兴趣并令我羡慕不已的，莫过于那一艘艘乘风破浪航姿优美的橹仔、小罾、三驾划和虾米罾等款式各异的红帆船了。我曾悄悄起愿：长大后一定要当个“艄公”（舵手），驾着风帆船在烟波浩渺的大海上驰骋，那才过瘾哩！

记得7岁那年初夏，为了先过把驶船的瘾，我便缠着熟悉木匠活计的舅父造一艘小帆船给我。舅父疼外甥，岂有不依之理！于是，他花了一两天工夫，造了一艘款式最靓的“橹仔”给我。此船儿用一截颇具浮力的香树木料做成，长约尺半，宽约六寸，有舷、有舱、有桅、有帆，还有舵……

我一见，大喜过望，叩头谢过舅父之后，在一帮同龄人的拥簇下，即刻将之擎到村前的大水塘，于上风处“下水”。这时，丽日当空，南风轻拂，帆满舵深，船头切开微波细浪，顺风顺水的从此岸驶向彼岸。我一边兴奋地抚掌大笑，一边绕塘堤快步跑到对岸下风处迎接“靠港”的船儿。尔后，又斜刺里半逆风“航行”一次——但见风鼓红帆，船舷拨浪，船首生花，煞是好看。突然，一阵强风卷将过来，塘面顿起浪条，船身猛地向右倾斜，船底隐约可见；眼看就要翻沉，大伙儿都惊呼连声，船头却一下子窜了起来，正对风头——船身遂平衡了。那阵强风过后，船儿恢复了常态，继而款款前行，我那颗悬着的心也“霍”的一声落到肚子里了。我笑得合不拢嘴，小伙计们全都用十二分羡慕的目光看着我。我内心的得意劲呐，写成了一脸的骄傲和欢乐！一会儿，船儿泊岸了，孩童们都一窝蜂似的涌过来，这个说“好过瘾”，那位说“真好玩”，此起彼伏的笑声撒满了波光潋滟的大水塘。

此后，我几乎天天都到大水塘驶船儿。其间也有翻沉了的，特别是雨天，帆被淋湿，上重下轻，船身失衡时；于是，我便拿根带钩子的长竹竿下到齐腰深的水中小心翼翼地把船儿钩到岸边，在小伙计们的哄笑声中将它扛回家里去。雨霁，晾干后，再度扬帆戏水……

倏忽之间夏去秋来，我也到了入学的年龄了。俗话讲："虎进深山，龙归大海。"船儿的归宿地大都是一望无际的海洋。就在我开学前的一天清晨，我抱着船儿，在爸爸妈妈和舅父的引领下，来到了海边，与船儿举行了"告别仪式"。其时，秋阳甫露，金风习习，碧空如洗。我卷起裤筒，一步步的行到齐膝深水，校正舵，扬起帆，轻轻地把船儿放进海中。手一离，它便追风逐浪地疾驰而去。我的眼睛紧紧地跟着它，起初还看得见船身，十余分钟后，便只见到一片红帆，与朝霞交相辉映。再过几分钟，红帆遂成了一个小红点，渐渐地消失在渊海茫茫处……"孩儿，回去吧，把心思放到课堂上去！"爸爸在岸上喊道。我噙着热泪默默地点了点头，一步步地往回走。当我一脚踏上堤岸时，忍不住又回头朝大海一望，希望能看多一眼我那心爱的小小红帆船是如何披风击浪一往无前的！

面对大蟒

"公社化"后的第二个年头，大伙儿都饥肠辘辘。海边的青苔、淡菜吃光了，就上山挖"黄狗头"、摘泉胶叶充饥。

春分后的一天早上，太阳慢腾腾地从大亚湾海平线上露脸不久，排牙山腰还弥漫着一层朝雾晨岚，我和村中一帮小子、丫头就挎着竹篮，跟随几位社员一步步艰难地向山峦攀爬。大约9点钟，我们爬到一处叫“观音坐莲”的山梁，全都气喘如牛，便坐在一块丈把见方莲花形的盘石上歇脚。突然，老社员武伯低头用手一指，惊叫起来：“石岩下面有、有条大蛇！”

我们小孩子一听，都猛吃一惊，赶忙往大人身边靠，大气都不敢喘。山林死一般的沉寂，偶尔只闻一两声鸦啼。几分钟后，大伙才醒觉过来，顺着武伯所指的方位窥探——呀！在离盘石面不到一丈的下底岩洞口里，有一条碗口粗的大蟒蛇正环成一“饼”，微微垂着紫褐色的橄榄形脑袋，时不时伸缩着丫状芯子，一副慵懒倦怠的样子。

“抓住它，够我们全村人吃一餐了！”经武伯这么一说，几个大人都提起了勇气。他们悄悄地溜到岩石下，轻手轻脚地摸到洞口前——说时迟，那时快，但见武伯把一只准备装黄狗头块根的大麻袋张开口子“呼”的一声便将蛇头套了进去，另外两三个人则死死地按住蛇颈蛇腰蛇尾，还有的人举起锹把狠劲地朝蛇身乱砸……那条五六十斤重的大蟒蛇挣扎着蠕动了一阵子，就不再动弹了。一帮人遂欢天喜地地把蛇抬回村子里。男女老少闻讯，都里三层外三层地围着蛇看，七嘴八舌地议论着“蛇的吃法”云云。

剥皮，开膛，熬汤……当天，每家每户都分到了一海碗蛇肉汤，人们那满是菜色的脸上泛出了少有的笑意。我素忌蛇鼠，奈何肚子饿得咕咕叫，于是皱紧眉头吃了几匙汤，说不出是清甜还是苦涩……

翌年我上了中学。随着年岁和知识的增长，我始知蟒蛇乃属于国家野生保护动物。在为之痛惜之余，又蓦然联想起那群

"无知的"父老乡亲的菜色的脸——那年月，能全怪他们么?!又想到如今的孩童，在改革开放的春风秋雨中，他们是幸福的一代，再也不用饿肚子了；休闲时光，还会跟随父母或老师到深圳野生动物园观赏、逗趣大蟒蛇哩！

鹩哥情结

我的老家村前不远是一座莽莽苍山，名曰排牙山。山中芳草萋萋，乔木森森；尤其繁衍鸟雀——画眉、斑鸠、鹩哥、喜鹊、山鸡、白头翁、啄木鸟……不下百种。鸟族之中，我最喜爱的乃是鹩哥。

少年时，每逢不上课的假日，我就与村中伙伴到排牙山腰放牛。有一回，有个小伙伴从一株枫树上端下一窝鹩哥仔。我年纪最小，遂分到一个个子最小长了一身灰色绒毛的"尾仔"。我喜欢得不得了，赶紧拔了一把绵草，做成小窝，把那只小鹩哥放了进去，双手小心翼翼地捧回家，然后将它安置在一个小竹笼里。晚上，怕蚊子叮坏它，我就撕了一块旧衬衣布把笼子盖严。鹩哥喜吃草蜢，我便到田头地尾抓回嫩绿嫩绿的幼蜢喂它。有一次抓蜢时，老天突然洒下一场大雨，把我淋成了落汤鸡。可我并不在乎，心里只记挂着鹩哥仔，捏紧一小袋草蜢，冲开雨帘，飞步回家。一进门，我便听到它的饥饿的叫唤。我忘了一身湿漉，急忙走近鸟笼。当它昂着毛茸茸的小脑袋，摇晃着张开鹅黄色的菱形小嘴"吱吱吱"地欢叫着接吃蜢子时，我从心底里发出了"嘻嘻嘻"的笑声。

这只小鹩哥在我的精心照料下渐渐长大，绒毛脱去，生出了黑亮的羽毛。不出20天，它的两翼下又长出了几片有白点的羽毛，头、背泛起了黛绿色的光泽。头顶生出了呈柳叶状放射形的帻冠，口唇也由橙黄变成米黄。一天，我放它出笼，正逗着玩时，它忽然扇了扇双翅，慢慢地飞了起来。“哎哟哟，你可别逃跑哟！”我赶快拦截。但它在空中欢叫几声，又飘然落在我的肩膀上。我大喜，笑着把它抓了下来，拢在手心，轻轻地抚弄着，心里仿佛灌了一壶蜜！

自此以后，我“解放”了它，经常带它出门觅食。它挺机灵，一发现了草蜢，遂疾飞过去，逮个正着，尔后囫囵吞之。我上课时，它就在校园里的一棵苦楝树的枝杈间飞来跳去，不时“喳喳”鸣唱几声；我放牛时，它则飞到牛背上优哉游哉地散步，不时以黑玛瑙似的小眼睛瞅瞅我……有一次我听长辈们说：如将鹩哥舌尖修剪圆，它就能模仿人说话，那将更有乐趣。可我怎忍心令它伤痛？还是听其自然吧！过了不久，也许是“善有善报”，它竟然能学百劳叫，能仿画眉唱，还能“说”人言——它最常“说”的就是：“阿哥！”“阿姐！”“阿妈！”“狗仔来——来！”我高兴得直跳起来，几回回梦里都叫起了“我的鹩哥仔呀，乖乖”！

那年下半年，我考上了初中。就要开学了，我总不能把它带到中学堂里去吧，为了一心求学．我只好“忍痛割爱”，一连两个晚上让它在野外“打露水”——据大人说，此法可令已养驯的鸟雀“生心”，认不得主人，达到放生的目的。几天后我在山野放牛看到它时，只见它侧了侧小脑袋，眼珠子翻动着．似在思索着什么，也不飞近我身，只是“吱喳吱喳”的尖声叫着，一会儿便扑腾着翅膀，钻入云霓：可转眼间，它又鸣叫着飞将下来，落在我前面几米远处的一棵小树上，仍是侧着小脑袋，眼珠子翻动着……我的心酸酸的，终于忍不住喊了一声："我的乖鹩哥啊！"两眶热泪顿时模糊了我的视线……

不久前，已届古稀之年的我从深圳返乡拜祖，但见老屋已拆，乡民已迁，据说要建"生物谷"；村前山脚植被变黄土，难闻几许鸦雀声。我的心里很不平静，少年时代的"鹩哥梦"又蓦然浮现于脑海中……

放牧花山

我的少年时代，有好些日子都是在花山上度过的。记得在我 12 岁那年，因在香港远洋航运公司"行船"的父亲"放了船"（失业），家庭经济捉襟见肘，我只好辍学，戴上竹笠子，拿起了放牛鞭。农忙时节，牛儿要犁田耙地，只能在田头地尾的荒草地上放牧。夏末秋初，割完禾插罢秧后，我便同村中的青头小伙后生妹一道，把几十条黄牛成群结队地往花山上赶，让它们吃上鲜嫩的青草，添劲长膘。

花山坐落于烟波浩荡碧水连天的大亚湾畔、排牙山北麓，海拔 600 余米，距我家乡七八里之遥。它是排牙山主峰下一巨脉，呈龟背形，坡度平缓。坡下溪流浅唱，林间鸟雀啁啾。坡上植被繁茂，山花灼灼，芳草萋萋——丝茅、萝芒、凤尾、龙须……皆是牛儿们爱吃的青草。因而牛群一到，便贪婪地啃着、嚼着，"嚓嚓"有声。我们小男子汉则到溪边绿荫玩耍，或下军棋，或玩扑克，或吹竹笛……姐妹们闲不住，全都挎着布兜往坡上采撷山稔子、黄牙橘和油甘仔等野果，尔后拿回来同我们这帮"懒蛇"一齐享用。

可野果不能当饭吃，否则于肠胃不利。所以，午餐我们都煮番薯充饥。番薯和铜煲都是从家里带来的，柴草山上现成，清水溪里流着，“炉灶”几块石头搞掂。一切都那么方便。而此际，牛儿也吃饱了肚子，遂三五成群地姗姗然跑到浓荫下纳凉，一边闭目养神，一边翕动着嘴儿反刍，优哉游哉。我们则在一片山雀的鸣唱声中兴味盎然地嚼着香喷喷的番薯，喝着清冽冽的泉水。有一回，我们刚吃完午餐，“俄顷风定云墨色，秋天漠漠向昏黑”，一阵轰雷滚过，便下起了瓢泼大雨。我们一帮少男少女迅即钻进了附近一座天然石屋之中，惊飞了一窝崖鹰，挤满了一洞笑声……

午后，牛儿们又跑上山坡挑挑拣拣“随随便便”吃吃草，撒撒欢，牛牯仔还半真半假地斗将起来……夕阳西下时分，我们“哞——哞——”两声叫唤，牛群就首尾相衔列成纵队摇头晃脑地下山，返村归栏。我和村中的哥哥姐姐妹妹们则一路嬉戏着，亮开嗓子唱着客家山歌——

日落花山一片红，
哥妹管牛返家中；
牛仔食饱周身力，
耕田快过过江龙！

……半个世纪过去矣，其间尘世多少风云变幻电闪雷鸣，似乎都在记忆中渐渐淡忘了，唯独少年时代的放牧生涯，那花山上的牛叫鸟啼，缕缕炊烟，潺潺溪流，幽幽石屋……却不时在我的心屏中闪现。那一脉乡愁，将化作一阕田园牧歌永在心灵的琴弦中弹奏……

（2016. 6）

“写春联”往事（外二篇）

桃符献瑞，飞燕衔春——犬年新春佳节莅临矣。徜徉于大鹏街头，但见商场门前、摊头档口都摆满了红艳艳的春联，其内容除了讴歌新时代新风尚之外，还有不少是祈愿新年“财源广进”“五福临门”“吉星高照”等等的，可谓百花齐放兮。盛景之中，我这个老文化人也展纸挥毫，为自家，也为乡亲书写几副春联。写着，写着，近半个世纪前一段“写对联”的往事蓦然冲开我记忆的闸门……

那年好像是兔年，我这个“臭老九”仍在宝安县（深圳市前身）老家接受贫下中农的监督改造。乡亲们中有文化、特别是能书写对联的“才子”只有一位姓陈的民办教师。碰巧那年春节前夕，他经人介绍到东莞县相亲去了；据云女方挺满意，要挽留未来夫婿在她那儿“过个革命化的春节”。于是，素有贴春联习俗的父老乡亲遂把帮他们写对子的希望寄托在我的身上。可我是“另类”的身份呀，岂能让我随便“发表书面言论”呢？那怎么办？乡亲们私下商议了一阵子，便请示生产队长。

队长皱了皱眉头，说：“就准许他为你们写写红色的对子、革命的对子吧。谅他也没有吃豹子胆，敢公开放封、资、修的臭屁!”

乡亲们大喜，家家户户都买了大红纸，有的还备下毛笔墨汁，一齐送到我家来。面对着伯叔婶娘们的一张张和善、挚诚的脸，我感动得眼泪直淌。我颤声道：“多谢乡亲们的一片好心，我怕写不好……”榕根叔正色道：“老侄！你就不要讲客气话了，你人品如何，肚子里有几多墨水，老叔知道，我们信得过你!”乡亲们均异口同声地附和道：“是哩，是哩，你就放胆地写吧！队长都同意了。”

经乡亲们这么一番劝说，我就放下心来，气定神凝，研墨，展纸，运笔，按当时报纸上宣传的口径，写下“举旗抓纲学大寨；继续革命攀高峰”“农业高歌革命化；田园遍种大寨花”“四卷雄文光日月；八亿神州写春秋”“五湖杨柳迎春绿；九州山花向阳红”等十几二十副颇为“革命”的对联。乡亲们看着看着，都笑称我的字写得好，甚至“比陈老师写的还靓”。我兴奋之余，思路一开，竟为根叔写了五代一国君孟昶创作的一联：“丰年纳余庆；嘉节号长春”——据云，此乃中国对联开山之作啦。

凑巧此时队长从我门前路过。见里面热闹，他便皮笑肉不笑地大踏步走了进来，看了此联，即刻拉长了脸，厉声道：“这副对联不革命！难道庆祝丰收年也是多余的吗?!”我的头皮一麻：糟了，又碰到丧门神了！但跟这个俗不可耐的家伙解释联义的确是“多余”的。于是，我轻蔑地瞅了他一眼，默不作声，看他往下怎生表演。他见我不言语，自以为见识高明，更为了显示其“革命”，便跳将起来，气呼呼地抓起那副对联双手一撕！榕根叔气得脸红脖子粗，马上大叫起来：“你赔我的红纸！人家肚子里的墨水比你喝的山坑水还多，我就不信他写的对子有错。你逞什么能？发什么威？大家乡里乡亲的，你这样为难人家，不怕遭雷公劈么？”乡亲们都愤然道：“是咯，做人不要做得太绝嘛！”“那副对子又没有反革命，何必鸡春里面挑骨头，无是生非！？”……队长理屈词穷，或许众怒难犯，遂灰溜溜地滚出了我的家门。

随后，我从自家买的红纸中抽出一大张，裁好，饱蘸浓墨，为根叔另写了一联：“春回大地千山秀；日暖神州万木荣。”根叔见之，笑逐颜开：“这也好！这也好！”并从裤兜里掏出2毛钱作为红纸钱给回我。我急忙婉然谢绝：“根叔，根叔！您——您也太见外了……”

沧桑龙眼树

最近乡亲来电说，家乡要搞旅游开发，我家那棵二人合抱的龙眼树被“征用”了，公家补偿了几千元，云云。呵，提起这棵龙眼树呐，它就像一口年代久远的洪钟，忽而在我的记忆深处回鸣起来……

我的老家在深圳东边，那是一个四季如春的小村落，前望排牙山，后依大亚湾，绿映清波，山明水秀。村前村后都生长着许多参天乔木，龙眼，则为其中的一种。孩提时，听妈妈讲，距门前不远的土墩上那棵主干水桶般粗细亭亭如冠盖的“顶圆果”（龙眼中的上品），是爸爸小时候种的。自我记事起，这棵顶圆果就年年开花，岁岁结果，从不分“大小年”。果子颗颗都有拇指头大，皮薄肉厚，爽滑清甜，每一熟都能摘下三四担果子。自家吃不了那么多，就请乡亲们来品尝。因为村中的大部分龙眼都属于“蛇眼仔”，果小肉薄而味淡，均比不上我家顶圆果的韵味，所以，时逢盛夏果熟，村中男女老少都应邀来到我家树下，一边纳凉一边尝果，谈笑风生，其乐融融。

自20世纪60年代以后，虽然在海外谋生的爸爸不时寄点钱回来，但要供我和弟妹念书，家中日子自然吃紧起来。于是，“顶圆”成熟下树后，除分送一部分给至亲好友之外，大部分都挑到集市上去卖。一二角钱一斤，也能卖到四五十块钱，买回油盐酱醋针头线脑什么的，以帮补家用。

然而，天有不测之风云。到了70年代中期，在“批邓”“反复辟”的喧嚣声中，我家那棵“顶圆”被“路线教育工作队”定为“资本主义尾巴”，在“割”之列。其时，我这个“臭老九”正在家乡接受贫下中农的监督改造。我清楚地记得：在那个秋风萧瑟的晚上，当那个年过三十仍待字闺中满脸横肉的半老徐娘队长扯开破锣般的喉咙，在社员大会上咬牙切齿地宣布要“坚决砍掉”我家那棵龙眼树时，我那可怜的妈妈脸色骤然惨白，紧接着就一头栽倒在地上！我和弟妹吓得哭了起来，急忙将妈妈半扶半抱地送回家中，又是擦驱风油，又是按人中，好半晌妈妈才缓过神来。我和弟妹惊魂甫定，但见妈妈双眼微微睁开，泪涟涟地说：“那棵顶圆果，是你们爸种的呀……几十年了，为我们家积了不少福，也积了不少德。可如今，工作队却要砍杀它，我心口儿痛啊……”

更绝的是，第二天一早，那个满脸横肉的女人竟然亲自上门，手指头几乎点到我的鼻尖上，“勒令”我即日就要亲手砍掉自家的龙眼树！临走时还恶狠狠地丢下一句：“你老妈装死想改变我们的革命行动么？一千个、一万个办不到!”

“阿仔，我们农人家手臂拗不过人家大腿啊！工作队死都要你砍，你就横下一条心去砍吧。相信天阿公、大树神会保佑我们的……”那女人走后，妈妈噙着泪对我说。这样，我只好硬着头皮磨快一把柴刀，前往土墩仔。可树头太大，砍不了，我也不忍心落刀。于是，我遂爬到分杈处，花了一个上午，一把汗水一把泪地将分枝一一砍下，只剩下光秃秃的一株丈余高的主干，伴着我妈妈从家中传来的低回的哭泣，在寒秋中孤寂地伫立着……

但就在工作队撤离后的翌年春天，主干分枝“刀口”处竟倔强地冒出了粉红色的枝叶芽儿！经春风轻拂春阳抚照春雨飘洒，芽儿不断伸长变粗泛绿……不出 3 年，它便枝叶婆娑，恢复了原先树冠形状，且更葱郁浓绿，又是果实满枝了，妈妈脸上的笑纹也舒展开来了。30 多年来，在改革开放的春风秋雨中，这棵“顶圆”年年都给我家人和父老乡亲带来了不尽的欢声笑语。

如今，这棵逾 100 年树龄劫后重生的龙眼树名正言顺地纳入国家部门的管理之中，将成为故乡旅游景区亮丽的一景，我们一家子满心欢喜笑逐颜开啦!

难忘那条花手绢

40 多年了，那条一尺见方浸染着我滴滴鲜血的花手绢，一直静静地躺在我的记忆里。每当更深夜静，妻儿都酣然入梦之后，曾多少次，我悄悄地“取出”它来深情地“看”上几眼，噙着泪默默地感念着它的主人，回溯着那风雨如磐暗故园的岁月……

那年初春，阴冷阴冷。我这个粗通文墨可思想有“反动”之嫌的小青年被遣送回乡——大亚湾畔一个面山濒海的穷村子接受“革命群众”、特别是贫下中农的监督改造。从此，每当生产队长指令我干些粗重而肮脏的活儿时，身板单薄的我总是一声不吭地咬紧牙关干。因而，父老乡亲每每朝我投来一道道同情、怜悯而困惑的目光；这其中，就有她——贫农女儿阿芸的目光。

难忘那一回，时值初夏，海水还凉。为了修补农田边上的海堤，队长带领我和“富农仔”阿敏以及阿棠、阿芸、阿香等几位贫下中农子女，乘着一艘小木船到一处名叫将军排的海湾“捡石”——把海崖下的大散石撬起，再抬上船，然后运回来砌堤。

那天上午九时许，东风不劲，小罾扬起红帆，驶离故乡港湾。船头哗哗地切开微波细浪向前行进，不消半个时辰，便到了将军排。艄公根叔落帆起舵抛锚泊好船后，恰好遇到退潮。我们稍事休息；待海潮退到“石出”的位置后，队长一声令下，我们就开始干活了。

按照队长的分工，他本人同阿棠负责撬石，阿芸、阿香、阿敏和我负责抬石上船，根叔则在船上接石装舱。两位妹子力薄，每回抬的都是百斤左右的石块；我和阿敏“身份”不同，抬的均是百余二百斤的大石。我们4 人气喘吁吁地抬了多个来回，小木船也近乎满载了。当抬最后那回时，牛高马大的队长令我同他共杠，并要我左肩扛着两根二三十斤重的钢钎，用右肩抬石。当我前他后地抬起一块足有两百斤的大石准备移步下海时，我力不胜任难以控制平衡，双腿不禁有些颤抖。此时，队长就猛喝一声："诈死扮可怜博同情啦?!"我的心不由一震，身子随之摇晃起来，系石连杠的大麻藤遂一寸寸地往个子较矮的我的方向下滑，重量自然压向了我。我顿时眼冒金星，双腿一歪，那块大石头毫不含糊地向我砸来！我尖叫一声，连人带石重重地摔倒在地上……

"真系冇鬼用……"队长咧开大嘴不干不净地骂着。我听不清他后面还骂了些什么，只觉得头晕目眩，脚跟锥心似的痛。我本能地看了一眼，但见一股股红的血从脚跟冒了出来。几个青年男女都惊呆了！

俄而，只见阿芸把竹杠丢给阿香，快步朝我走来。她蹲下身，喘着粗气说："你别怕，我同你止血。"说罢，她从衣袋里掏出一团药棉，扯了一撮，替我轻轻地擦干净脚跟周围的泥浆水，然后将那大团药棉贴在伤口上，再从另一个口袋里抽出一条碎花手绢，小心翼翼地包扎着……在她的整个"扶伤"过程中，我都没说一句话——此时此刻，我能说些什么呢？唯有默默地朝着她投去感激的目光……

返村后，蒙队长恩准我疗养了三天。我清楚地记得，这期间在我的斗室门窗外，不时都闪动着阿芸那苗条健美的身影。伤好后，我见到阿芸时，悄悄地对她说："你那条手绢弄脏了，给你几角钱买回一条新的吧。"她先是抿嘴一笑，双颊飞红，继而却正色道："你真是个书呆子！"

时隔不久，阿芸被撤去了大队团支部副书记和基干民兵副排长的职务。她的“罪状”据说是“阶级立场不稳，同情敌嫌”云云。为此，我难过得几乎掉下男儿泪；而她，却若无其事地淡然一笑……翌年，她远嫁他乡。结婚那天，风雨如晦，她是大哭着出门的。其时，我捏着她那条花手绢，心情复杂，仰天无语……

事情已过去了将近半个世纪了。我一直“珍藏”着她那条花手绢——哦，我珍藏的岂止是一条手绢呀，分明是一颗善良温馨而不畏强权的心！

（2017. 12）

故乡的“毛蟹情结”(外二篇)

又到秋高蟹肥季节。当文友们在餐桌上把酒持螯吟诵起林黛玉“螯封嫩玉双双满，壳凸红脂块块香”的《螃蟹咏》诗句时，我不禁又回想起孩提时在故乡河溪里“装毛蟹”的一段故事，以及如何“食毛蟹”，即毛蟹的一些烹调方法……

先说“装毛蟹”。

装毛蟹，乃是我们深圳大亚湾客家人一种捕蟹形式。装，即“布局”“设陷”也，又有“守株待兔”的意味。

那是20世纪50年代末一年的霜降前后，正是大量的雌毛蟹在雄毛蟹的护卫下，沿着河流山溪爬游，直至下到海崖石滩产卵繁衍的时节。有趣的是：白天，毛蟹躲在河溪石缝岩穴里纹丝不动，人们欲抓它也不容易；到了晚上，毛蟹则或三三两两或成群结队地缓缓顺流而下。村民们正好利用它这一特性，“装”它一把。

记得是一个牛归栏后的黄昏，牛高马大的强哥在锄头柄上挑着一个大蟹笼，路过我家门前时，大声叫着我的小名“老彰古”！我问他有什么事？

“跟我去装毛蟹，学学东西！”强哥又朗声道。

“好咧！”为好奇心所驱使，我兴冲冲地随他而去了。

穿过一片片稻穗低垂绿中泛黄的田野，我俩来到了家乡一条最长的河流（俗谓“坑”，其时坑水较浅），在“磨刀坑”河段停了下来。

强哥选了一处较狭窄的河道，利用河里的石头，他搬大个的，我扛小块的，向着上游垒了一条露出水面的V字形石堤。堤的中间，即顶端处留一洞口，再在口子里往下挖一道槽，将三尺余长、内径盈尺的蟹笼，口朝上游地坐进槽里；又把几块较有分量的石头，自笼头至笼尾、从重到轻依次压在笼面上，以防急流将之冲走。然后，强哥跑到坑边田埂，用锄头“打”了几块大草皮，招呼我帮他捧到坑里，盖在蟹笼口的石块上面，作为伪装。

至此，“装毛蟹”的全过程完成了，约花了半个多钟头。

“当那些东游入海的毛蟹经过这里时，因为被石堤挡住，只好顺流往笼口里钻——哈哈！无有不进笼的。明朝我们就来收毛蟹吧！”强哥大笑着对我说。

“这么好呀！”我高兴得跳将起来。

我俩说说笑笑，披着月色回家。

当夜，我总惦记着明天一早收毛蟹的事；也许生物钟使然，五更天我便醒了。我爬起来，匆匆跑去强哥家把他叫醒。

堂哥弟俩又穿越田野疾步来到潺潺流淌的“磨刀坑”河段。

这时，东方天际已泛出了鱼肚色，V字形石堤和蟹笼隐约可见。

强哥烧了一支烟，天已放亮，群山晨岚渐散，由黛转青。

我们跑下坑底，急忙搬开压在笼面上的草皮石块，就见到许多蟹爪露出笼眼。

“强哥，装了好多毛蟹啦！”我大喜过望，情不自禁地欢声叫了起来。

强哥“嘿嘿嘿”地笑着，弯下腰，双手抓住笼口篾框，用劲把笼子从槽里提了起来。我赶紧兜着笼尾，协助他把沉甸甸的蟹笼抬上岸，急往笼里一瞧：哇！我的好奶奶，好大半笼毛蟹呐，个个螯壮壳凸，拳头般大小，有成百个哩。

强哥找了一根青竹竿，同我将那笼毛蟹抬回村里。当天，除了我们两家人饱吃一顿外，大部分都送给饥肠辘辘脸呈菜色的邻近乡亲。

此后，我用强哥的蟹笼，带着弟弟也到小河溪装了几回毛蟹。尽管收获不如那晚的多，可长了见识，增添了生活情趣，也补充了处于三年经济“困难时期”的家人的营养……

深秋毛蟹，青壳白肚，碧爪褐毛，肉肥嫩，膏丰腴，十分诱人食欲。云及毛蟹的烹调方法，大抵如此——

一是“清蒸”：放点姜丝，辅以白醋，猛火蒸十分钟左右，见黄油从蟹身渗出，便可熄火起锅。

二是“炒姜葱”：将毛蟹拦腰砍断，放上适量的油、盐、姜、葱，爆炒一阵，洒少许水，锅盖盖严，中火焖两三分钟，闻到飘溢的蟹香即揭盖，复炒几下，便可盛盘上席了。

三是“盐焗”：先将粗盐数斤炒热，然后按一定比例把毛蟹埋进盐堆中，文火焗上八至十分钟，遂将变得红艳艳的毛蟹夹出，抖去蟹身所沾的盐粒而上席。

还有一法是“烘蟹”，这是深圳东部客家人最常用、最简单的方法：将毛蟹洗涮干净后，白肚朝天地直接放进锅里，洒上一点盐水（如在海里捕捉的毛蟹，则免之），盖严，先是猛火，后是中火，烘烧几分钟，便大功告成矣。

后两种烹调法，毛蟹原汁原味，颇受饕餮之客青睐——其肉嫩滑爽口、鲜香回肠，红膏更是芳馥绕舌、满嘴留馨，与阳澄湖或太湖的大闸蟹几乎难分伯仲！……

而今——毋庸讳言，由于人为的因素，自然环境，即生态环境变了，我家乡河溪涌流的毛蟹一族数量已大不如前，长势也不均衡——或奇大，或忒小。且喜它的风味未有多大改变，仍是那么馨芬诱人。誉之为“席上之珍”，并不为过。近日，二文友品尝毛蟹后，为其风味所倾倒，遂感而赋诗。

李君诗云：

无肠公子海边生，
十月膏肥桌上珍；
造物苍天赐口福，
青山绿水育精灵。

“无肠公子”，通喻蟹族也。此诗对毛蟹及孕育它的大自然之赞誉浓情，溢于言表。

黄君诗云：

青衣卸却换红装，
肉嫩膏肥诱客尝；
莫道横行霸道臂，
如今也作口中香。

蟹为“横行”水族之一；臂，指螯。此诗生动形象，颇富哲理，别有特色。

有鉴于斯，联想到时下生态环境的江河日下，我们不由得从心底里热切切地呼唤青山绿水的复归……

珍爱“地球村”！

庇护大自然！

偶遇当年“毛蟹妹”

深秋的一天，我返乡徜徉在大亚湾农贸市场时，但见一篓篓壳满脐圆的毛蟹瞪眼舞爪的，心里平生几分亲切。

“哎，你不就是彰哥么?”忽然，一阵清脆的客家女人声音飘了过来，那声音似乎有点儿耳熟，却又显得那么陌生而遥远。我循声寻望——哦，只见蟹篓旁边蹲着一位五十开外衣着平朴脸色红黑的农妇，正眯着眼睛，笑盈盈地看着我。“嘿嘿，你是‘毛蟹妹’——阿清?咋在这儿摆摊子做起老板娘来了?”我和她对视了三两秒钟，终于认出了她——我的村中姐妹、花名“毛蟹妹”，便打趣地跟她聊开了……

孩提时，我是大亚湾的一只水鸭子。可我调皮无度，专拿弱小的妹子开心。记得秋高的一天下午，我同强哥、阿清等几个男女小伙伴到临海的东头涌口抓毛蟹。文文静静的阿清手气顺，不消半个时辰便在浅水石滩抓到了十多只结了“石榴米”（膏）的母蟹。而我们几个毛毛躁躁的愣头青却因蹚水声大，惊跑了不少大毛蟹——蟹子一钻进深水处的大石隙中，我们就奈何它不得。结果，所获甚微，还不及阿清的一半。

在回家的路上，我心里老大不舒服，便生出了一个恶作剧的念头。于是，我凑上前去对阿清说："你真是个挺能耐的'毛蟹妹'，捉到的尽是大母蟹，而我捉到的却全是蟹公仔，回去后真怕我爸爸骂。所以，我想同你换两只，好么？"

待阿清"嗯"的答应了一声，我就从篓子里拎出一只小蟹公，朝她的手心里一塞——"哎哟——"阿清的两只小手指即刻给蟹螯钳住了，殷红的鲜血渗了出来，痛得她尖声大哭，眼泪流了一脸，我则开心地"哈哈"大笑。强哥见状，狠狠地掴了我一巴掌，随即帮阿清将蟹螯折断、掰开，并从他自己衣衫下摆撕下一小片布条为她包扎伤口，阿清这才止住了哭泣。这当儿，我灰头土脸的，捂着火辣辣的腮帮子，心里颇感惭愧，可嘴还挺硬："大只强，等会告诉我爸爸，拆你的骨！"回村后，爸爸当然没有拆强哥的骨，倒是我的屁股留下了两道爸爸恩赐的青竹鞭子印痕。爸爸还揪着我的耳朵前往阿清家让我向她认错，并送上一小瓶止血疗伤的红花油……

斗转星移，世事如棋。在爸爸严厉的目光和冷峻的青竹鞭子下，我渐渐收敛了顽皮与野性，进学堂读书去了。似乎在不知不觉之间，多少年过去了，我步出校园，在城里从政为文，笔下不时也有阿清的影子——也许忘不了她的善良和我童年时的歉疚吧？间或，我回乡也遇见过她。她依然文文静静，瘦瘦弱弱的。成年后，她和强哥结为夫妇，如今也有儿孙承欢膝下。强哥外出做泥水工，阿清在家种地植果，并关照孙子上学，日子过得清静、温馨。趁农闲，阿清不顾"知天命"之年，也下河涌抓些毛蟹，拿去市场卖，攒点小钱帮补家用。

临别时，阿清执意要送我一小篓毛蟹，让我和老婆、子孙也尝尝家乡风味。我拗不过她的一片心意，遂硬塞了300元给她，匆匆登上车门。当车子驶离故乡时，司机却变戏法似的把那300块钱交回给我。司机说："当您从右边的门上来时，那位阿嫂却悄悄地绕到车头左边窗口……"我的心里"呼"地热了一下，眼前蓦然又闪现出孩提时东头涌口那个文文静静瘦瘦弱弱的"毛蟹妹"的身影……

往事并不如烟

俗语云：往事如烟。换言之，人世间的许多事情往往会随着时间的推移而渐渐飘逝或淡忘。可当我面对着这张摄于20世纪70年代初的老照片的时候，照片中人的一段段往事，还是袭上了我的心头，令我不由得套用某作家的话感叹一声：往事并不如烟！

40多年前，这帮大鹏华侨中学女学生，正值豆蔻年华，青春焕发。然而，史无前例的"文革"，使她们过早地离开了学堂，提前毕业，然后便"社来社去"，返回农村"接受贫下中农的再教育"。离校前，她们依依不舍地到大鹏中心王母墟照相馆合影留念。

她们都是大鹏镇（其时称"公社"）鹏城村（当时叫"大队"）人。甫放下简单的行囊，各人所在的生产队队长就按章办事，催促她们下田干活。从此，犁田、耙地、下谷（播种）、插秧、耘禾、收割、种番薯、疏水圳等等的面朝黄土背朝天的农务，便成了她们接受"再教育"的全部内容。

艰辛的劳作练就了她们强健的筋骨。回乡一年后，年轻力壮又有点"墨水"的她们被大队书记看中了。于是，她们有的被抽去大队林场，有的被安排到砖瓦厂。去林场的，脚踏荒山野岭，尽干些挖树坑、栽树苗以及除杂草等活儿。若遇台风，则要连夜冒着狂风暴雨定桩护树。到砖瓦厂的呢？从搓揉泥浆、挑泥浆、制砖瓦（坯）到砍松枝割芒箕、烧窑，及至砖瓦烧熟出窑等一系列工序，姑娘们项项都拿得起。最苦的莫过于出模格未进窑的砖瓦坯在晾晒过程中，突逢骤雨，她们那拼命抢盖以遮挡雨水的情景，其紧张程度，绝不亚于决堤抢险或赛场上的百米冲刺。雨过天晴后，姑娘们那浑身湿漉漉的衣裳，你简直分不出哪是汗滴哪是水！

她们这些林工、砖瓦匠在田野之外拼死拼活地干，可薪水还得在原生产队按相应等级记工分核算，一个工（10 分），社员 3 角她们也是 3 角，并没有什么优越性。

20 世纪 70 年代后期，深圳（宝安）刮起了外逃风，她们中有好多人也“非法探亲”到了香港，余下的则把自己命运交给深圳，随着她的巨变而改变。如今，她们已近花甲之年，每隔一段日子，总会在香港或鹏城聚会，一叙衷曲，见证香港 1997 年回归后 20 年的稳定繁荣和深圳改革开放三十余年的沧海桑田大鹏腾飞！

（2017. 11）

第七辑

Chapter 7

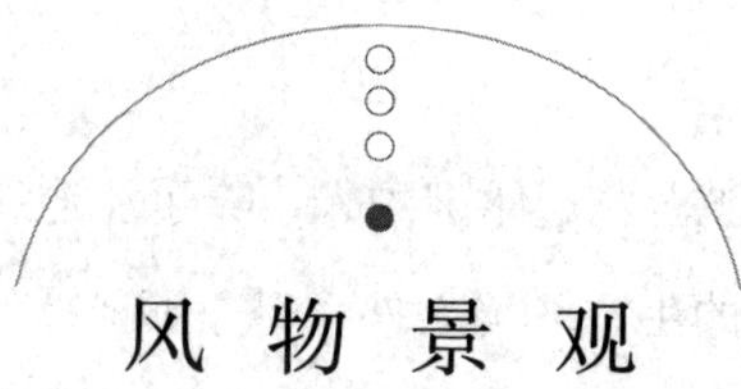

风物景观

FENG WU JING GUAN

舌尖上的大鹏海味

大凡到大鹏游览、休闲的人，除了流连那里山海的旖旎风光与绚丽怡人的生态环境之外，另一项让他们“眼晶晶、心思思”的，就是务必观赏及品尝滨海那异彩纷呈的可口美食——大鹏海味。本文试图对大鹏海疆之大鹏湾和大亚湾的几款饶有特色且颇富盛名的海产品之风味，作个肤浅的描述，聊为引玉之砖，就教于方家与读者诸君——

鲍　鱼

在我们深圳市东面大鹏湾和大亚湾一带的海崖石隙之中，盛产着一种佐餐上品——鲍鱼。这种鲍鱼，当地人昵称之为“大鹏鲍鱼”“鲜鲍”，有“海鲜之王”的美誉。

事实上，鲍鱼的称谓颇多。旧时，大鹏人把它叫作“鲍螺”；因其外壳椭圆，呈耳形，又谓之为“海耳”；还因为它的外壳由顶至腹顺序而弧形排列着九个便于其触手伸缩以及作呼吸、排泄之用的小孔，故亦名“九孔螺”；再因其长年累月生长于石腹缝隙之中，所以犹有“石蝮”之称……

鲍鱼为贝壳类海洋生物，是一种高档次的海鲜佳品，居于“鲍、参、翅、肚”四种驰名海味之首，故有“海鲜之王”的美誉。其肉清甜，香醇爽滑，风味独特，甚为深圳、香港和珠江三角洲一带地区的酒楼食肆之顾客所青睐，成为盛宴豪筵的一道不可或缺的珍馐美馔。

大鹏鲍鱼个子较小，属“袖珍型”。成年的鲜鲍一般只有二三指宽，两寸上下长短。

鲍鱼外壳只有一片，为石灰质，外呈暗褐色或青灰色，内则银白色，光可鉴人；肉附其中，口阔无奄，情态可掬之至。

鲍鱼栖于沿海大陆架二至五米深处的石缝中。凡“水节”——夏季和秋初之农历初一、十五前后几天，午间大退潮后，即为大鹏海滨人家猎取鲍鱼的上佳时刻。

有趣的是，人们潜水取鲍时，要乘其不防、攻其不备——疾速用铁钩子把它从石隙中钩将出来才行。倘若捕者动作迟缓，或毛手毛脚，钩不精准，以致弄出水声水波，惊动了它，那么，它的吸盘立刻便会紧紧地贴附在缝隙之中；这样，你就是费尽九牛二虎之力，甚至将它的壳缘敲破，也休想将它取出来。因此，只有猎鲍功夫老到，深悉其“宁为玉碎，不为瓦全”秉性的弄潮儿，一“流水”（一个退潮期）才能收获十来只鲜鲍；好运气时，也就是二十只左右而已——足见取鲍之不易啦。

我国的鲍鱼种类不少，比较出名的有“大连鲍”“台湾鲍”等。外地深海的鲍鱼，个头较大，笔者日前曾亲眼见到一些“大连鲍”，几近少年人的巴掌大，单只标价近千元，令人瞠目。

我们深圳所产的“大鹏鲍鱼”，个子虽然小些，但愚以为它堪为“鲍鱼王国”中之佼佼者——

大鹏鲍鱼肉质幼嫩细腻，富含多种有益于人体生长发育及抗老防衰的维生素和微量元素，胆固醇验测为零。大鹏鲍鱼趁鲜清蒸或炖小母鸡，确乎清馨芳馥；晒干的鲍鱼炖瘦肉汤，亦相当香甜可口。凡此种种，皆为席上奇珍矣！所以，誉之为“海鲜之王”，并不为过。

尤为可贵的是，鲍鱼肉有降血压、去血脂之功能；入药，则有平肝潜阳、怡神明目之效。

鲍鱼贝壳（明朝药学大师李时珍名之为南海“石决明”）研成粉末配药，可医治青盲（眼疾，俗曰“发鸡盲”“发青光”）、内障（即“目翳”）以及便秘、寒淋等疾病。而以壳粉入酒，则酒味即刻去酸转甜。成年的大鹏鲍鱼，有的还能孕育珍珠哩，其价值可就非比寻常的了。

然而，令人深感遗憾的是——

自20世纪八九十年代以来的二三十年间，由于人为的因素，海洋的生态环境遭到了颇为严重的污染和破坏，导致“天生天养”的大鹏鲍鱼，数量大大减少。

在这种情况下，头脑精灵的“海洋商贾”，近二十年来遂在大鹏湾和大亚湾一带海域，创办了一座又一座的“鲍鱼养殖基地”“鲍鱼养殖场”等；因而，一批又一批的“人工养鲍”源源不绝地销往深、港以及国际市场，借“海鲜之王”的堂皇金冠营利。但是，明眼人，尤其是深圳大鹏土著人家一眼就可以看出：这种失掉了原有生态环境的、单靠人工饲养而成的鲍鱼，其风味、营养和药用价值，安能与昔年野生的“大鹏鲍鱼”同日而语哟！

所以，我们新时期的开拓者们，在大搞综合性开发，发掘“海洋经济”潜力的同时，头脑必须十分清醒：要以科学发展观和习近平总书记有关生态文明的重要指示为行动指南，高度注重对生态环境的呵护，万万不可干那种“杀鸡取卵”的蠢事，从而让大可宝贵的大鹏鲍鱼之类的海洋生物得以自然繁衍，以造福于人类自身。

殷鉴不远，诸君自重！……

海　胆

在大鹏湾和大亚湾以及香港新界独鳌洋一带的海域丛石之中，生长着一种甲壳类动物——海胆。

成年的海胆，比乒乓球稍大，扁圆形，腹部略平，背脊隆起，浑身长着上百枚紫黑色的角质针刺——公的刺长两三寸（俗谓“长毛公”），母的较短，约二寸许，因而海里天敌都奈何它不得，这也许是它名“胆”的缘由。

海胆大都生活在水下五六米的深处。所以，海滨人家在捕捉它时，需待退潮后方可。当海水退至离石面一二米左右时，“弄潮儿”就手执铁钩子和竹夹，潜水取之。海胆张刺而居石丛，捕捉不易；因此，钩取时应该用力适度，或张或弛，时紧时缓，才能将它“请”出来。否则，如用力过猛，弄破了它的外壳，以致其体内的胶状物溢出，那就报废了。所以，大鹏人戏言：“无两手功夫，莫学人家捉海胆！”

言归正传——海胆被钩出来之后，为防刺伤手指，人们就用竹夹子将它钳住，尔后才冒出水面，放进竹篓之中。间或也有海胆居于散石底缘的，那捕捉起来就简易一些了，但这种机会甚微。

好运者，一“潮水”可获海胆上百只。

上岸回家后，就用锋利竹器小心翼翼地在海胆的腹部撬开一个小洞，再用小汤匙将其体内的胶状物（微粒的蛋）掏出。此物俗曰“海胆膏”，乃海胆之精华，一只海胆约可取膏二十克左右。应以明说的是，母海胆其膏为橙红色，公的则为浅黄色；二者风味有别：母的优于公者多矣！故赶海的大鹏人一般都取母海胆入篓。

食用海胆膏的方法各取其便，一般都有三味。其一是加花生油、姜丝及葱片清蒸，清甜润滑；其二是与鸡蛋拌匀，放进油锅里煎成“海胆饼”，浓香扑鼻；若不急于享用，便取第三种方法——在海胆膏里撒上少许熟盐，盛入陶瓷罐或玻璃瓶里腌制，密封，十多二十天以上，最好是一两个月后才启封，此时已成“海胆酱”；吃多少就掏出多少，拌以姜丝，蘸熟油，餸炒花生仁食之，分外清香爽口。

此外，还可以海胆膏作佐料，做成各款菜，或炖或炆或炒，皆芳馥可口，滋味独特上乘，百尝不厌，十分赶饭：大人喜吃，小孩尤甚。

如今，深圳东部（特别是大鹏）和香港新界的诸多海鲜酒楼饭馆，均有此风味独特的海胆菜式上席，每每为嘉宾食客所赞赏，誉之为“席上珍馐，筵中佳味”。其最为普遍的是饭局的“压轴菜”——“海胆饭”。

海胆饭的做法是烧热油锅后，撒上适量的精盐、葱片，将之炒香；然后把新鲜海胆膏放入锅中，快速炒几下，大约七八成熟时，再按一定比例把热烘烘的熟米饭倒进锅里，调以中火大炒一阵子，使之跟海胆膏充分拌匀；起锅前撒上一撮葱花，又稍作拌和——于是，一款色、香、味俱全的海胆饭，便可上席酬宾了。诚然，此法简单快捷；但是，海胆的质地务必要讲究，当然是以母海胆膏作料为佳。倘若以“长毛公”膏炒饭，非但色泽淡然，那风味也大打折扣矣！所以，凡“识货”者，毋须品尝，一眼就可以辨别出米饭中的海胆膏粒，橙红者为佳，淡黄者则次之……

据明朝药学大师李时珍的《本草纲目》记载和现代科学技术验证，母海胆膏含有丰富的蛋白质和多种维生素及微量元素，具有行血活络、提神明目、润肺滋脾之功；无论公、母海胆，其甲壳研粉入药，均有防治疥疮和水痘之效。海胆，可真是很宝贵的海产品啦！

犹值一书的是，由于我市东部乃至港岛一带海域，受到不同程度的环境污染，以致海胆产量呈逐年下降之势。俗云“物以稀为贵”，如今每斤海胆膏价格高达二百元以上，这还是农贸市场价；若它登上酒楼饭馆，“化整为零”炒成海胆饭出售，则其价值便会成倍成倍地上扬，还往往供不应求哩。所以，我们就应该爱护大自然，保护大海洋，创造良好的生态环境，使海胆之类的水生动物生生不息，更好地赐益于普罗大众、芸芸庶民。

花 蟹

深圳东片大鹏、葵涌一带的客家地区有这么两句谚语：“正月姑娘二月蔗，三月老蟹四月虾。”其意思是说，经过正月（农历）春节期间的休闲和滋养，姑娘们都长得白白胖胖的，漂亮多了（农家女以健康、珠圆玉润为美）；二月的甘蔗成熟透了，从头到尾都清甜可口；而三月的螃蟹四月的虾仔，由于在春天里有充足的食物入腹，此时也肥壮、到了交配孕卵期了……这是开篇引子，兹转入正题——

诚然，农历三月，正值蟹肥时节。曾有亲人自乡间来，拎了一篓生猛鲜活的花蟹送给我。举家喜不自禁，遂将之用淡水洗涮干净，灼熟，美滋滋地饱餐了一顿。

吃罢，口舌留香之际，忽然启动了记忆的闸门——笔者少年时，常在海里浸泡嬉戏，可以说是在风浪中长大的，对海洋生物，特别是栖于沿海大陆架的花蟹之属，深悉其形态与生活习性，乃握笔记之。

我国东南沿海，尤其是广东深圳市之大亚湾和大鹏湾一带海域，皆盛产花蟹。

仲春，是捕捞花蟹的黄金季节。所以，海滨客家人往往于此时下海——或驾舟扬帆下网擒拿，或于“水节”潮退扛罾捕捉，或在晚间燃竹亮灯“照”而抓之……方法不一而足。每次出海，只要天气晴和、风平浪静，总能收获一二十斤；好运时，百来斤也不在话下。

花蟹，又名“梭子蟹”，明朝药学大师李时珍在其皇皇巨著《本草纲目》中，谑称之为“横行介士，无肠公子”。花蟹属节足动物甲壳类，八爪二螯；螯一大一小，大为御敌，小为夹食。花蟹形体扁而稍长，壳呈梭形，前缘多锯齿状，两端各一尖角，头胸甲扁中带隆，口在胸甲前端之正中。脐部屈折于胸框之下，雄者呈三角而狭长角尖，雌者椭圆角钝。同为成年的花蟹，雄比雌大二分之一左右；特别是双螯，雄的更为健硕，张开时达一尺以上。花蟹鲜活时，壳色雄为深蓝，雌则青灰，且均有点状花纹——“花蟹”美名盖源于斯也。煮（炒）熟后，无分雌雄，皆浑身红艳，十分悦目。花蟹性较驯善，人们只要以拇指和食指夹住它的后部的壳与脐，它便乖乖就范，并不像青蟹（俗称“水蟹”，也叫“膏蟹”）、石老蟹（俗谓“石老鬼”）那样激烈反抗，以螯“咬”人。

花蟹喜欢栖息于水深二至五米的浅海域，昼伏夜出——白天潜伏于海底沙滩表层，以爪子扒一浅穴，并拨沙土于背部而隐身，只露小条状角质双目以察“敌情”；夜来则离穴出去觅食：或浮游，或伏滩爬行，猎取小螺小蚬、小鱼小虾、微生物或钳取附石而生的海藻、青苔等为餐。

母花蟹在“春分”前后“怀孕”，“谷雨”期间产卵。卵子数以千计，孵化后幼蟹成活率即使百分之一，那么它也是“子孙满堂”的了。所以，我们下海，有时能发现成群结队的小花蟹，也就不足为奇了。昔年，海边人家若见之，则以网箕捞之，拿回家舂烂，或以之喂鹅鸭，或腌制成蟹酱，香醇馨郁，特别“赶饭”。但是，这种捕捞幼蟹的做法，会大大扼杀成年花蟹的衍生，实乃“只顾眼前效益的近视式的短期行为”，今已成共识，为大鹏葵涌人所不取。

雄蟹交尾和雌蟹产卵后均变瘦。然而，到了秋末，其主食螺蚬肥壮，故此时的花蟹又开始长膏发胖，尤以十月（农历）初为最，迎来了它的又一个“黄金季节”。因而，濒海客家人有“十月禾花蟹”之说。而于初夏孵化的幼蟹，经过几回脱壳（俗称“代壳”），至秋高时节也长大了，同其“父母辈”般肥壮，肉质也最为鲜嫩。

花蟹可蒸可煮可炒，任君选择，随你所好。海边人家图方便，一般都是将之仰面置于锅里，不用加水，先是猛火，然后文火，三五分钟便可烤熟上席。此烹调法虽简单，但熟蟹却是原汁原味，忒为香甜爽口。也有人将烤熟的花蟹拆剥出肉来炒粉丝，更是别有风味。如今，深圳城区的食客慕其滋味，往往驱车百里，到大亚湾或大鹏湾买回活花蟹，用以炒“姜葱蟹”，蘸上陈醋、蒜蓉进食，味道亦是妙不可言。还有“油炸蟹钳”（“钳”即螯），芳馥韵味，长留舌末。花蟹也可以制成罐头，或加工成蟹肉干等，海滨客家人以之作冬时菜肴；进入市场，则成为登山旅游者之小食——此亦不失为一道美馔也。

花蟹除了作为美食以外，还可入药疗疾，其有解结散瘀、养精益气，治疗疮、理经脉以及产后腹痛之功效。取肉后的甲壳、螯、爪，以之烧烟，则可诱鼠而杀之……可以说，花蟹里里外外都宝贵得很哩!

香　螺

大鹏湾和大亚湾海产丰盛。扬帆出海，鱼虾蟹网到擒来；而逢农历初一、十五“水节”期间大退潮时，赶海的村姑渔妇、青头小伙，往往不用花很大的工夫，就能够在崖岸浅海捞捡到数量可观的螺蚬贝类——其中，香螺最为当地人所青睐，近年来更被城里食客誉之为“席上之珍”。

香螺，为海洋甲壳类动物，客家土著称它为“泉螺”。这种螺子，因其外壳和肉质之表面附有一层滑溜溜的透明胶状黏液，当地方言谓之“泉”，故而名之；又因其煮熟后浓香扑鼻，所以雅称“香螺”。

香螺为大型肉螺，大致呈椭圆形体。成年的香螺重达六七斤，肉厚壳薄。壳色橙黄泛红，有几行略近长方形的斑块。肉质白嫩，表层则为紫褐色，显露条状花纹。整只螺子华美多姿，艳而不俗，着实惹人喜爱。

香螺生活在沿海大陆架水深数米处的泥质滩涂中，有经验的渔人或潜水、或下网，均可捕捞之。如今时值夏季，香螺正肥，正是深圳东部客家人或酒楼餐馆食客品尝香螺的上佳时节。

欲尝香螺，当会烹调，方可惬意。通常妙法有三——

一是将香螺去“泉”涤净，然后放在大盘子上，撒上适量的姜丝葱片，浇以少许花生油，待水沸后便连盘带螺坐进锅里，猛火清蒸七八分钟，见其肉舌伸出壳口外两三寸时，就可起锅。降温后，取出肉块及其圆条形的黛色内脏，切而食之。此谓之“原汁原味”，清香、甜爽、嫩滑，十分可口。

二是把洗涮干净的香螺直接放进锅里，不必加水，而以中火烧上五六分钟。当香味四周飘逸时，即刻熄火。待冷却后，遂用钢针挑出其肉块和内脏（切忌清洗，否则香失味减矣），尔后剁片，以花生油、老葱头大火炒之——海边人家称之为“转锅”——只炒一分数十秒之久。起锅前洒上几滴豉油（时下最好是“生抽王”），再炒匀，便可上席。此味“炒香螺”忒是馨香芳馥，非常“赶饭”，下酒尤佳。

上述二法，一般适用于半斤重以下的小香螺。对于大香螺，则宜采用第三种烹调方法——

将香螺置于锅中烤或蒸熟后，取出其外露部分的大肉块（内脏可于当天炒而食之），切片、晒干，晾在通风处或密封于陶瓷罐子中，逢年过节或宴客时，将之取出来，加以红枣、蜜枣、淮山、党参、茯苓以及百合、莲子、薏米等佐料，一次性放足水，撒上少许粗盐，文火炖它两个钟头左右，则成香螺汤啦，既香甜清润、怡口生津，又有滋阴降火、补脾益肾之健身疗效。

除了食用之外，大的香螺壳还可作舀水的瓢使用，中小型的则可雕成工艺品，到城镇市场上出售。大鹏所城南门街，常有这种香螺壳工艺品面市。因其颇具欣赏价值，海内外商贾游人往往爱不释手，争相购买——这可是一笔不菲的“副产品”

经济收入哩。

是故，香螺既为席上珍馐，又富艺术内涵，深得美食家乃至普罗大众的喜爱，堪为“海中一宝”呐。

珠　贝

在大亚湾和大鹏湾一带的海崖石隙之间，还盛产一种水生动物——珠贝，又名珠母，古称“真珠牡”，今谓“珍珠贝”，简称“珠贝”；因其体形略呈方形且扁，所以大鹏与葵涌人又名之为“扁螺”。

珠贝为软体动物瓣鳃蛤蜊类，栖于浅海之岩礁石砾处，成年者二三寸见方，右侧壳比左侧壳稍小，壳项偏在前方；壳外色暗褐，壳内有珍珠层，颇厚，泛银白光泽。

珠贝生长三年以上，便能产名贵的珍珠——它是由外套膜内外受渗入的沙粒刺激，其分泌的珍珠层包附而成，渐大则为球状。一只大珠贝一“胎”往往有三五七颗珍珠。千百年来，我国东南沿海及日本等国，均有饲养珠贝，以人工植珠者甚多。始办于20世纪60年代初的我市大鹏湾东山珍珠养殖场即为其中之一。俗语有云：“东珠不如南珠好。”“东珠”，日本产也；南珠，我国南海产也，质地上乘，优于东洋之珠。

明朝药学大师李时珍曰：“真珠出南海。”又云：“珠有九品，以五分至一寸八九者为大品，有光彩。”（古时的分、寸比现在略小）据考，清西太后慈禧的后冠前沿正中那颗硕大的珍珠，为“大品”中之极品，也产于东南沿海。我市东山珍珠场早年从珠贝里采获过两颗中指头般大小的天然珠，笔者曾亲眼见之，浑圆而光彩夺目，据说价逾巨万，为该场展览馆的“镇馆之宝”。此实乃我市采珠业之幸事。

由珍珠打造而成的项链及各种工艺品，价格不菲，这已为家喻户晓。它的药用价值，则有明目治聋，去肤疥障膜，驱热消渴及止遗精白浊等疗效。如制成“珍珠霜”膏，涂之脸面，又有“令人润泽好颜色”（李时珍语）之功。

珠贝壳薄肉厚味美，为蛤蜊中的上品，故我市东部沿海的大鹏葵涌村民于夏秋两季之农历初一、十五“水节”退潮时，觅野生者烹而吃之。珠贝附石而生，“脐吸”紧贴石体，且其外沿（俗称“口”）比较锋利，空手是难以掰取的。所以，赶海者遂人手一扦，透过澄澈的海水，一发现珠贝就朝其脐与石相吸处以扦撬之，无不得心应手。一“流水”（主要指退潮后的两三个钟头），一般都能“捡”到半篓约五六斤的天然珠贝。

珠贝的烹调法，择其要者有三——客家人谐称之为“扁螺三味”：

一味是“滚汤”。做法是先用刀子小心翼翼地开壳、取肉（膜肉内偶尔也包附天然珠，若然，则大喜过望矣），清洗干净后（主要是涤除肉面上的黏液），便将之投进滚烫的葱盐油汤之中，并加之少许胡淑粉和一小扎珍丝，猛火煮上一分钟左右，就可起锅上席。

第二味是“清蒸”。方法是把珠贝外壳洗涮干净后，以小刀把贝壳打开，弃去右侧小壳，让肉柱及膜等内脏保留于左侧大壳中，置之碟上，撒以适量的蒜蓉、豆豉糊和姜丝，再浇上一些花生油；一俟水沸，即坐挂于锅中，盖严，大火蒸它五六分钟，遂大功告成啦。

还有一味是“油炸”。烹法是把以南乳、米酒、八角、姜蓉等作料腌制了半个时辰左右的珠贝肉，蘸上用水拌稠了的面料，滚成球状，放进沸油中“炸”。要掌握火候，时间不宜长，控制在一分几十秒以内，见粉肉球表面呈橙黄色时，即用铁网捞子捞起；待热油“滴”干，热度降至微温时方可上席。

嘿嘿，此三味呀，“滚汤”者鲜甜润滑；“清蒸”者爽口清香；“油炸”者芳馨馥郁——直吃得本土的大鹏葵涌芸芸众生和外来旅游者舌末留香，眉毛眼睛都是笑！

故曰，珠贝既为满世界人之珍爱，更是我们深圳东部人家的瑰宝兮。

（2017. 8）

奇趣的鲎（外二篇）

大鹏湾潮涨潮落，大亚湾涛声和鸣；“春花纷飞去，夏日又照临。”——又是濒海人家“赶海”弄潮的上佳日子，更是鲎族繁衍生聚的黄金季节。往岁斯时日，鲎，往往为我们深圳东陲海滨和水上人家平添一席佳肴美馔；“捡鲎”（捕捉鲎）也会成为父老乡亲津津乐道的话题……

提起“鲎”，如今的青少年大都不知其为“何方神圣”；但对于我们这些被海水泡大、上了点年纪的人来说，那是最平凡不过的浅海生物而已，它还入诗载典哩！于此，且听在下慢慢道来——

远在四五百年前的明朝嘉靖至隆庆年间，我国伟大的药物学家李时珍，在其皇皇巨著《本草纲目》中，就有关于鲎的生动形象的记述：“鲎生南海……鲎者，候也；鲎善候风，故谓之鲎。”

诚然，每当朝夕涨潮时，熏风微拂之际，鲎便成双结队地在东南沿海大陆架附近游弋。

鲎潜游时，海面总会冒出许多米黄色的气泡；它游到哪里，气泡就浮现在哪里，成行排列，久而不散。因此，机灵的海滨人遂根据气泡所提供的“线索”，悄悄地下水捕之，十拿九稳。若捕者毛手毛脚，弄出太大的水声和波涛，惊动了鲎，它则会快速游往深处，令之望洋兴叹。

有趣的是，鲎的个体，雌大于雄，一般在两倍以上，而且终生皆负雄于背上，“夫妻”形影相随，即使惊涛骇浪也休想拆散它们。

对此，韩愈有诗云：“鲎形如惠文，背眼相负行。”

李时珍亦曰：“鲎十二足，雌负雄行。”

均言之甚切，活灵活现。

就鲎的习性而论，雄鲎更忠于“爱情”。

捕者只抓住下面的雌鲎（都是抓它的尾巴），处在上面位置的雄鲎也不会乘机脱身而逃，宁可“殉情”，与“妻”同归于尽，玉石俱焚也在所不惜，绝不背上“苟且偷生”的骂名。故古人誉之为“鲎媚”。

反之，如果人们抓住了背上的雄鲎的话，雌鲎则往往会在此“大难临头”的“非常时期”，弃“夫”而逃之夭夭，另觅新欢。

所以，明了其习性的弄潮儿，在捕鲎时，只要抓住下面的雌鲎，二者便可得之。当然，为了“保险”，也有一齐下手，双双擒之的。

鲎，乃是地球上的一种“活化石”，据考，已有二亿七千余万年的生存历史。我们可以毫不夸张地说：鲎的祖先，并不比恐龙年轻呐！可是，恐龙在六千万年前就已经灭绝了；而鲎仍能在地球上存活生息至今天……物种学家认为，这是与鲎的体质、生理、外形及抗逆性能分不开的。

鲎属于鱼类之甲壳类，所以亦有“鲎鱼”之称谓。

成年的雌鲎，体长二尺许，重达10斤以上；雄鲎则仅长尺余，重不足5斤。

鲎前为畚箕大小的硬壳（此指雌鲎，雄鲎壳仅是它的三分之一上下），后为三棱多刺的骨尾。

鲎壳又分为头大尾小两截，如扇常张，称作“鲎帆”。甲壳坚韧，前半截较大，呈半月形，莹滑黛绿，极是雅观。骨眼一双，长于前背壳的靠前顶部位，其色淡蓝；其后又有复眼两只，墨绿有光。

甲壳的后半部分小得多，近三角形，壳面粗糙，两旁有粗短的刺；其贴地的一面则有口腔，藏于“骨针”丛中，隐秘得难以辨认。

鲎腹呈六角形，边缘有针状突起。又有腹足十二支，分列两侧，状若蟹螯，只是细长些，且有内、外肢之分，内肢大而长，外肢小而短；掘穴、觅食、御敌，内外肢无分彼此，通力合作。

外肢后面有由薄片（俗称“鲎衣”）组成的呼吸器。鲎在游泳时，也主要依靠“鲎衣”之拨水推波前行。

鲎尾长度等身，能自转360度，以便躯体一旦搁浅或仰面朝天时，反跳运动，重回海洋深处。三棱多刺的骨尾，头大尾细，十分尖利，富有御敌的功能。

鲎血黏稠碧蓝，肉白嫩。

鲎蛋如高粱米般大小，圆球形，橙黄色。雌鲎常于仲夏时节游到浅海滩掘穴下蛋，一窝便成千上万，繁殖力惊人——即使每一“产期”它的“孩子”成活率为百分之一，也是“子孙满堂”的了。加之壳坚尾硬，海中天敌也奈何它不得；就是巨型恶鲨欲吞之，也会卡在喉咙里，只好“依依不舍”地离之而去。

所以，鲎能够长存于海洋怀抱，虽历数亿年而不绝。

鲎被捕上陆地后，极怕蚊子螫其“鲎衣”等软组织部位，螫之则会很快死去；奇怪的是，将之曝晒日中，却久而无恙……

鲎肉、鲎蛋，鲜甜香醇，十分可口。鲎肉制成炸酱，又别具风味。腌就的鲎螯鲎爪，餸粥特别清馨爽滑，百尝不厌。旧时海滨与水上人家“捡”到一对鲎，便可餸粥饭十天半月。

尤值一书的是，鲎肉、鲎蛋皆有治痔疮、杀蛔虫的药效；鲎壳、鲎尾烧焦后研成粉末入药，亦有治疗肠风泻血、遏止积年咳嗽以及清除产后痢疾之功能。

因此，海滨人家和水上渔民既视鲎为席上之珍，又存之作护身之宝。

然而，近数十年来，由于自然环境的恶化，特别是大油轮和机动渔船的废气、油渍之污染，大海的生态环境已远远的今不如昔；加上急功近利的商贾们争相在大亚湾一带的浅海区域筑堤截水养鱼虾（请注意：这种人工饲养的鱼虾，其质地风味也远不及野生的!），断了雌鲎上滩掘穴产卵的“水路”，很大程度地侵占了它们赖于繁殖后代的“产床”地盘……如此等等，导致有“活化石”之誉的鲎，濒临绝境。如今，人们甚难发现它的踪影，遑论品赏鲎肉鲎蛋鲎螯的独特风味了。偶有所见，都是个头仅为两只巴掌大的“黄鲎仔”。遗憾乎？痛惜哉!

行文至此，我们能不声嘶力竭地呼吁海洋环保，热切切地呼唤“活化石”们的复归与繁衍么?

珍馐小吃石头螺

在大鹏湾和大亚湾一带的浅海石滩岩岸之中，盛产一种外形酷似小石头的海螺——当地人称之为“石头螺”，学名“花冠小月螺”。明代药学大师李时珍在其《本草纲目》中，名之为“海嬴”；说它“生南海”（深圳海域属南海范畴），“岭外闽中近海州郡及明州皆有之”。而像我市东部海域之盛产，颇为罕见。据考，这与生态环境有关——大鹏湾和大亚湾依山濒海，绿水青山，为亚热带海洋性气候，有“生态走廊”之美誉，且长年皆有河溪流入浅海，以致海水“半咸淡”，不太“硷”，故而适宜石头螺繁衍，生生不息。

成年的石头螺如拇指头般大小，外壳灰褐色，十分坚硬，天敌也奈何它不了；肉质淡红米黄间绿，质地爽脆幼嫩；繁殖力特强，水暖时节（特别是春夏两季）早晚常出现在水下的石面上，大白天则潜伏在石隙中，捕捉并不难；晚上它便爬出石面觅食。所以，昔时海边人家多有以松钉、灯火照，“捡”而食之者——或清蒸、或炒肉、或滚汤，悉随尊便。

在大亚湾长大的我，孩提时就吃过不少石头螺，后来离开家乡到城里读书、工作，就渐渐淡忘了它——在城里的农贸市场或酒楼餐馆所见，非鱼虾老蟹即猪牛羊肉，何曾有“不起眼”的石头螺的“芳踪”?

哎，想不到我在大鹏、葵涌一带的酒肆饭店中，又见到了石头螺，令我重新真切地感受到它的独特风味。

那是一个假日的上午，我应友人之邀，前往大亚湾采风。

正午时分，我们挑了一家依山临海的小饭店进餐。当侍应小妹送上菜谱时，我发现“客家风味小吃石头螺”九个字赫然印在上面，顿时勾起了我一股浓浓的乡愁和“贪婪”的食欲；不待友人表态，我当即点了这一道招牌菜——因为价钱相宜，我们要了3斤清蒸石头螺。

大约15分钟后，那小妹便将一大盘热气腾腾香味四溢的石头螺端到了我们席上，她还拿来了几枚2寸余长用热水烫过的不锈钢针和两小碟以酱油、麻油和姜丝葱片搭配而成的作料。

“来来来，品尝品尝我的家乡风味！”我一声“令”下，遂左手拎螺，右手执针，从外壳与头盖之间的小缝中刺进里肉，稍稍用劲往外一挑，同时顺螺纹轻轻左旋：嗬嗬，那长条略带圆锥形粉红嫩黄间青的螺肉便取出来了；随即蘸了蘸作料，朝嘴里一送：“嘿嘿！馨香、清甜、爽口、滑润！”我禁不住朗声大赞起来。

友人也依瓢画葫芦，一粒粒地挑而食之，并异口同声地赞叹：“甜润清香，果然别有风味！”我紧接着补充道：“据李时珍老先生说，石头螺肉还有健脾益肾的药用功效哩！”

我平素忌“油”，后来便挑了肉即入口，原汁原味，倒也清甜爽口——其实，这也是我老家的一种传统吃法。朋友们见之，笑问其故，我道出原委。他们或仿效之，或蘸料而尝之，各为所爱。我们笑逐颜开，挑得迅速、吃得快捷，不消半个时辰，那小山似的一大堆石头螺便盘底朝天了……

饭后出来，我偶尔发现离小饭店不远处一字儿摆着几竹篮石头螺，两三位村姑正在叫卖。我又一阵惊喜，匆匆上前，也不讨价还价，即刻买了五六斤；文友们也买了三五七斤不等。我在心里头热切切地说：“将这些石头螺带回家去，让满门老少也尝尝客家小吃、家乡风味啦!”

客家风味蚝仔粥

深圳客家人远溯秦汉，近至明清，为避战乱之苦，自中原而至豫湘，再到闽赣、桂粤——千百年来，在长期的迁徙之中，或蜗居山野，或漂泊海崖，皆因米粮欠缺，而过着困顿贫寒的生涯：“一日三餐都食粥”（清水粥、番薯粥），遂成了客家人祖祖辈辈生活的写照、吟唱的哀歌……

然而，自从中华人民共和国诞生以来，特别是在一代伟人邓小平开创的改革开放的岁月里，随着社会的巨变、环境的改善，物阜而民丰。于是，深圳客家人肚子里积淀的“油水”及其派生的脂肪也日逐增多。如今，“食粥”并非客家人“衰台”“寒酸”的代名词，而是他们“消食”“调胃”，甚或“闲耍”的象证。在这样的饮食文化氛围里，深圳客家人烹调出五花八门、风味各异的粥，以满足和调节他们的“新潮流食欲”。

在这林林总总的“粥”当中，深圳东片濒海客家人所精心烹调出来的“蚝仔粥”，独领风骚，甚合今人胃口。

在此，首先要着重加以说明的是，这款粥的主料——“蚝仔”（学名称为“小牡蛎”），并非宝安的“沙井蚝”，或南山的“后海蚝”（这些都是人工培育出来的大蚝，晒干了的叫“蚝豉”，另派用场，不在本文所述之列），而是大亚湾和大鹏湾的海崖石滩的野生蚝仔。这种蚝仔个头较小，只有蚕豆粒般大，最大的也不过如小指头。每逢春夏之交或初秋的蚝肥时节，于农历初一、十五及其前后几天的退潮期间，客家妹子、少妇蹲在海边，用铁制“蚝笃”就着蚝石，对着附生其上的蚝仔，先撬开盖壳，再小心翼翼地取出蚝肉。如此这般，一粒一粒地将它们“打”（取）出来——这就是客家人所说的“打蚝仔”。打蚝仔功夫精细，一天一“流水”只能“打”到三两斤蚝肉。

这种野生蚝仔，明朝药学大师李时珍在其皇皇巨著《本草纲目》中赞之曰：“其味美好，更有益也，海族为最贵。”所以，深圳客家人以之烹调“蚝仔粥”，实乃明智之举。

烹调蚝仔粥（以一大汤碗容量为标准），所用的材料，除了一小碗（半斤上下）新鲜蚝仔作为主料之外，尚有白米饭一碗半（用米以当地生产的“白糯”或“安乐眠”为佳；时下这两种米似较难找，就用泰国香米或东北米代之）、巴掌大的干“地仔”（学名“比目鱼”）一条、冬菜和去叶切柱的芹菜各一汤匙，以及用少许的瘦肉丝煮成的靓汤两碗。

腌料，为生抽王、鸡精粉各一茶匙。

调味料，则为鱼露半汤匙、细盐半茶匙，以及适量的胡椒粉。

蚝仔粥的烹调法，稍为讲究些，一般分为四个步骤进行——

其一，是将白米饭用热水冲散，放在苕箕里滤干；如不这样做，烹成的蚝仔粥就会中间“起团”，稀稠不均。

其次，是把地仔干撕皮去骨，以文火烤香，降温后碾成碎末。

再次，是以冷水将蚝仔洗净，并滤去水滴。这里要特别留意的是：不可用热水洗，否则，蚝仔个体萎缩，质地变韧，以致散失味道。

最后一道是挺关键的烹调工序：预先切好瘦肉料加入腌料，拌匀；然后烧沸汤，下瘦肉粒再煮沸；紧接着便入蚝仔、白米饭和调味料，又一次将之煮沸后，则加进芹菜粒和冬菜，且即刻盛起，倒入大汤碗内；最后才把地仔干碎末撒在粥面上，并拌和。

至此，一款清甜爽口、芳馥幽馨的“蚝仔粥”遂展现在人们的面前……

值得一提的是，蚝仔粥非但不肥不腻，开胃生津，且有滋阴降火、补肾安神、强筋壮骨和明目去翳之功效；故此，它成了“富起来了”的深圳客家人“粥宴”之首选。精明的商家还将之推向市场——近年来，深圳东部海滨不少酒家食肆，均以“客家风味蚝仔粥”招牌菜谱示客，往往为休闲男女、食客游人所青睐。也有一些酒楼老板在“蚝仔粥”的旗号下，利用野生蚝仔的独特风味，烹调出“蚝仔煎蛋”和“清蒸蚝仔”之类的“蚝馔”，以满足客人们品蚝的不同选择——这是题外话，非此文主旨，顺为一提而已。

（2018.8）

陶娘岛今昔

陶娘岛，位于深圳市东面大鹏半岛东南之烟波浩渺的大亚湾海面，坐落在虎头门与洛格洲二岛之间。此岛高不足百米，长不过一里，形如新月。《新安县志》曾称该岛“湾内可停泊艨艟、舟楫百十艘”，乃是一个天然的避风良港。

关于陶娘岛一名的来由，民间有这么一个动人的传说：很久很久以前，外地有个名叫陶玉良的女子，为避战乱饥荒，流落到大鹏湾畔，嫁给了一位“半渔农”的诚实青年。陶氏乐于助人，因而深得乡亲喜爱。因大鹏方言“良”与“娘”谐音，所以乡亲们就称之为“陶娘”。

却说有一年夏末，“六月造”农事过后，陶娘夫妇和村中几个青年女子驾着一叶扁舟，前往虎头门外的一个无名岛上觅螺、打蚝。当她们篮满篓满，升帆回归之际，风云突变，一场狂风暴雨从天而降。但见巨浪如山，小船剧烈地颠簸了几下便翻沉了，船上的人均被翻入海中。陶娘夫妇水性好些，很快便扳住了船舷，另外几位姑娘则在波峰浪谷中艰难地挣扎着。夫妻二人稍为定了定神，便迅即扑进波涛翻滚的海中救人。但当陶娘把最后一个即将沉没的女子救起时，她还来不及抓船舷，一排巨浪把她卷入海底，头部撞在一块尖利的珊瑚礁上，当即昏了过去……她的丈夫几经寻觅，直到风静雨霁，才在礁石旁边找到她那僵硬的遗体。他含着悲痛的泪水，将她埋葬在那个无名岛上。后来，人们为了纪念她，遂将那个小岛命名为陶娘岛。

陶娘岛踞于新安海防前沿要地，所以明清两代在这里皆驻扎水师。明崇祯六年（1633），倭寇侵袭陶娘岛，杀戮守岛军民，并一度占领此岛作为巢穴。翌年，寇贼才为巡道何公用率水师所驱逐。

20 世纪 40 年代，东江纵队曾在陶娘岛设立税站，建了两间简易平房，还置了一艘武装船，在港湾停泊、出入，查处往来奸商和镇肃作恶渔霸，立了不少功。陶娘岛兀立于大亚湾海面，帆影波光，风景旖旎。据传旧时凡春晨雾岚，常有海市蜃楼在附近海域出现，蔚为奇观。港湾里，衍生香螺、珠母、子贝、淡菜、牡蛎以及龙虾、石斑、章鱼等水族，资源非常丰富。所以，近年来陶娘岛又成为附近渔民捕捞鱼虾的好去处。

（1991. 10）

大鹏凉亭与古楼

深圳市大鹏湾畔的名胜古迹不少，盖为年代久远风雨剥蚀和人为的因素，大都毁坏崩圮，有的成为废墟。大体保存完好目前尚未重修的，犹有这么二处：凉亭和古楼。

凉亭，位于大鹏镇王母圩之东的蜈蚣岭北麓的花影缘荫之间，这是一座伞形建筑物，古谓之“莹域”。从碑文看，它建于清朝光绪二十三年（1897），是一位姓王的大鹏人为纪念他的“先慈”杨氏而立的。因为莹域建于路边，近百年来一直成为过往行人憩足纳凉的上好所在，所以当地人又称之为“凉亭”。

这个亭子建得颇为玲珑别致。拱顶由钢筋水泥铸就，宛若一把张开的巨型雨伞，由 6 根高丈许的花岗岩圆柱支撑着，稳固异常，虽经百年风雨而巍立不倒。“伞顶”是一个光滑的水泥球——昔人谓之“龙珠”，饶有蟠龙吐珠之趣。“伞边”的 6 个角，微微上翘，给人以奋然欲飞之感；角与角之间呈流线型，很是赏心悦目。拱顶下面是 6 片各长 6 尺余、中间略凹的水泥板，造型也别具特色。整个亭顶既可挡雨，又可遮阳，难怪游客行人流连其间。

凉亭正面的两根圆形花岗岩柱上，镌刻着一副楹联。上联曰：“拓地下新阡每瞻北廊萦回南陔追慕”；下联云：“筑亭陈古道比与白华朱萼翠柏苍松”。楷书，阴文，遒劲而俊逸；金粉漆之，十分惹人注目。

亭子的中间有一张大理石圆台，径近3尺，平滑如镜。行人休息时，常在此喝茶或对弈，很是惬意。怪不得民间有如是传说：“仙人”吕洞宾和韩湘子云游至此，还在凉亭里下棋对饮哩！

凉亭前石阶下左右两侧原有一对石马，高3尺许，长5尺余，重逾千斤，以花岗岩雕琢而成，做工精细，线条分明，骨骼雄健，栩栩如生，惜乎毁于“大跃进”年间。

大鹏凉亭历百载而保存完好，实乃幸事。如今亭前鲜花簇簇，一株株乔木掩映其间，古色古香，洋溢着一派诗情画意。游人登临此亭，既可歇脚乘凉弈棋畅饮，又可欣赏旧时能工巧匠的建筑技术和工艺，别有一番雅趣哩。

距凉亭两箭之地的黄桐山村之东南方，有一座古味浓郁的楼宇，时人称之为“古楼”。此楼年代悠长，相传建于清初康熙年间（1662—1722），至今已近300年历史。

明末清初，“洋匪”（倭寇）频频侵扰我国东南沿海一带。大鹏半岛为海防要冲，乃兵家必争之地。因此，这座楼宇是作为御敌工事而构筑的。

古楼原含主楼和两厢（俗称“茶壶耳”，又谓“鸡翼”）。两厢不很高，仅相当于一般二层平房的高度。据说，古楼是供屯粮草和作营房御敌之用的。

主楼高数丈，形若古堡城碉，直耸云霓。四壁皆设瞭望窗和“炮眼”，计有数十处之多。楼顶形拱，四面滴水，套瓦重檐，飞角流丹。朝东的檐下有“天一涵虚”四个斗大的苍劲雄健的欧体楷书。主楼内原有3层木板棚，均由粗大的杉木桁架设，可惜早被拆去。整座楼墙基为花岗岩条石砌筑，墙垣据说用浓灰沙拌糯米饭舂成，极是坚韧。

在20世纪上半叶，这座古楼曾一度作学堂用，居然也培养出不少人才。东江纵队的杰出将领——大鹏人赖仲元和赖基等，孩提时也曾在此“学堂”就读数年。

（1994.12）

鹏城“关帝”的传说

日前返侨乡鹏城，与一长者聊天。古今中外，天文地理，世故人情，无不涉及。尔后，他忽然神情凝重地同我谈起了则“关帝”的传说。兹记之，以飨同好和海外乡亲及读者诸君——

明朝洪武年间（1368—1398），大鹏所城（今谓鹏城）兴建了一批庙宇，“关帝庙”则为其中之颇具规模者。及至嘉靖至隆庆年间（1522—1572），鹏城一带的乡村，每家每户的厅堂之上都立有一个“关帝圣君”的神位。神位正中为三国一代名将关羽的金身，左右则分别为关平和周仓的塑像。村民们朝夕敬奉，顶礼膜拜。村前的关帝庙，更是高香明烛，四时不断。

鹏城人何故如此崇拜关羽呢？原来，这跟一个“关帝显圣保鹏城”的神奇传说大有关联。

据《新安县志》记载：明朝嘉靖至隆庆年间，来自扶桑（日本的旧称）的倭寇，经常侵扰我国东南沿海一带。他们“流劫乡村”，无恶不作，以致民生尽墨，苦不堪言。倭寇的歹行恶德，激起了人神共愤！

传说有一年的一个冬夜，阴云密布，月黑风高，大鹏湾海面翻起了黛色的波涛。村民阿九叔外出夜归时，忽然发现一队“艨艟”（古时的战船）自大亚湾之洛格洲深处冒出，驶入东、西涌海域，斜刺里扑向大鹏湾，直指鹏城村南之西校场。斯时，鹏城在沉睡，百姓犹在梦中。善良的村民压根儿想不到一场灾难已迫在眉睫……

正当那伙贼船停泊在西校场港湾，百余倭寇转乘舢板准备登陆洗劫鹏城一带村庄的时候，滩涂上蓦然“长”出了一道高丈许、长数里的城墙，将十几艘偷袭的舢板挡住了去路。

说时迟，那时快，但见长空一道闪电，紧接着一声霹雳，撕开了黑漆漆的夜幕，云端里突然出现了骑赤兔马、挎青龙偃月刀，丹凤眼、卧蚕眉，面如重枣，唇若涂朱，威风凛凛的关云长；左有俊逸英武白马白袍的骁将关平，右有黑脸虬须黑马黑袍的猛将周仓，一齐飞临墙头，杀向倭寇。霎时，刀光剑影，杀声震天，飞沙走石，海涛翻腾……

倭寇猛见这三位从天而降的神将，顿时吓得屎滚尿流，失了三魂，不见七魄，纷纷弃甲丢盔，落荒鼠窜而去……

须臾，云散天开，中天露月，关公父子和周仓倏然隐逝，城墙也忽地消失了。大鹏湾变得风平浪静，景致迷人。

翌晨，阿九叔把他目睹的“关公显圣”一幕，绘声绘色地告诉了父老乡亲。同时，也有人“作证”道：“今早去关帝庙烧香时，见到关公、关平和周仓三幅神像的脸上汗水涔涔，袍袖润湿，当是他们昨晚狙击倭寇所致。”村民们听罢，均以手加额，望空参拜，由衷感谢关帝的救护之恩。嗣后，家家户户都敬立了“关帝圣君神位”，数百年来拜祭不辍。村民又据《三国志》所载关羽之生平勋业，在关帝庙镌上一联，并以金漆漆之，曰：

赤面秉赤心，骑赤兔追风，驰驱时无忘赤帝；

青灯观青史，仗青龙偃月，隐微处不愧青天。

直至20世纪60年代中期，各家各户的关帝神位和关帝庙才在“破四旧”的尘嚣之中被拆毁。但“关帝显圣保鹏城”的动人传说，却一直流传民间，经久不衰……

（1994. 1）

第八辑

Chapter 8

习俗风情

XI SU FENG QING

大鹏所城的“太平清醮”

千百年来，深圳大鹏湾、大亚湾和香港上水、粉岭、元朗一带的村民，都有“打醮”的风俗习惯，以祈海晏河清、太平盛世，称之为“打太平醮”；醮事五年一次，谓“太平清醮”，在农历正月举行。

据考，“打醮”习俗，始于春秋战国时期，盛行于唐代宋朝。

醮者，祭也。战国楚人宋玉的《唐高赋》有云：“醮诸神，礼太一。”此“醮”正是“祭”的意思。至唐，《辞海》释之曰：“僧道设坛祈祷禳除灾祟曰醮。”及宋，张端义之《贵耳集》记道：“徽考宝蜃宫设醮。”其本义已逐渐演变为祈祷问卜。明清以后历代相沿，以祈世道太平，海晏河清。这种“太平醮”或曰“太平清醮”，由宫廷逐渐传入民间。

近日，笔者采访了我市大鹏古城（即“所城”，大鹏街道鹏城社区）的一次盛大的醮事——“太平清醮”。此醮设坛于天后（妈祖）宫门前的大帐篷中。两侧对联曰：

“天恩浩荡千载颂赞礼；

后德巍峨万寿永无疆。”

“神恩浩荡潮鹏海；

圣德巍峨溯蒲田。”

两联分别嵌“天后”“神圣”于联首，洋溢着对天后娘娘的颂赞浓情。（天后，又谓“妈祖”，其真身名字为林默，女，宋时福建蒲田人氏。生前以做善事、救人于危难间著称，海内外祭祀她的庙宇逾千座。）天后宫右侧一联则道出了“打醮”的宗旨：

风调雨顺；

国泰民安。

“打醮”程序，是这样的：

首先，张挂彩旗，将纸扎的金银库、龙、马、轿及船等色彩斑斓的物件摆入帐内，谓之“进醮”。

然后，以松叶撒地，曰“铺坛”。

在距天后宫数十米开外，另置一葵棚，棚中立一丈许高身着古装的巨大纸人。此纸人曰“山大人”或“山大佬”，其形象为“文职高官”，颇似“文曲星君”，据说能为芸芸众生“挡灾降福纳千祥”。一老者还告诉笔者：“小孩子若摸摸‘山大人’手中的笔或其肚脐部位，长大以后就会写文章，满腹经纶哩!”

接着，“打醮”正式开始。只见身披袈裟颈挂佛珠的和尚“礁主”前引，村中上百善男信女紧随其后，缓缓地进入高香明烛的帐篷之中。此时，鼓钹齐鸣，八音同奏。“醮主”口中念念有词，其意为感谢天后娘娘往岁赐民以海事康宁，五谷丰登，人畜两旺；祈求娘娘来年一如既往地“庇佑黎民添百福，驱邪荡垢保平安”云云。

少年儿童呢？则遵从长辈之嘱，嘻嘻哈哈地拥至“山大人”跟前，或摸其手中大笔，或抚其腹，或依其背……皆希冀平安大吉，快高长大，学业猛进，将来成为国家的栋梁之材。

翌日上午，举行盛大的“行香”出游活动。“醮主”等众在天后宫拜罢“坐身”天后塑像，就出行了。但见五六架麒麟舞动，敲锣打鼓，上书“天后元君”及“风调雨顺，国泰民安”的三角大红旗高高飘扬，长长的队伍步出宫门，扛着天后“行身”塑像，经古城东门，沿着城池及附近的校场尾、乌冲、松山等几个村寨，浩浩荡荡地游行，以弘扬天后的爱民美德。

当“行香”队伍临近返回古城西门时，家家明烛，户户高香，鞭炮一排接一排地在门前大路上摆着，足有三百米长。这“超长鞭炮”一点燃，便鸣响了半个钟头，其回音久久萦绕在古城前后的山海之间……

“行香”使醮事涌起了高潮，诚如古城南门的一副“太平清醮”对联所云：

南宸增寿全邑同欢乐；

北斗添福合境共庆祥。

“行香”完毕，回到天后宫，天后“行身”又在麒麟飞舞、紧锣密鼓和鞭炮声中“归位”。“醮主”等和尚则继续念经诵文，昼夜不歇。

第六天，进行“放生”。此为醮事的又一个高潮。那天午时后，春雨霏霏。大鹏所城数百位善男信女及成10个和尚组成一长队，几架麒麟舞在前头，锣鼓喧天，亦从天后宫出行，穿过西门，沿着“核（电站）龙（岗）公路”慢步前行。每隔一两分钟，就烧一排“千头炮仗”。行至东校场边的水神庙前时，几架麒麟在有节奏的锣鼓声中参拜神祇。

队伍到达大鹏湾海边时，在绵绵细雨中摆好供品，祭奉天后娘娘（因天后林默28岁那年在大海中救人时不幸溺亡）及诸水神。然后放水灯（红纸船上点燃了蜡烛）。最后，由一位青年提着一桶十数尾笠鱼到齐膝深的海中“放生”；另一个小青年则打开一竹笼门，放飞几只鸟雀。

看着那冉冉远游的鱼儿和欢快飞翔的小鸟，我深切领悟到“放生”活动体现了“醮民”们热爱世间万物，维护生态平衡的善良愿望，是堪可称道的。

当天傍晚，“醮主”同一帮善男信女在天后宫一侧烧些金银纸钞，以祭孤魂野鬼。此举谓之“施孤”，其意使受施者安分守己，不要添乱作祟，让凡人平安康泰。

入夜，将纸龙、纸马、金银纸库及“山大人”等一应模具，加上一把雄鸡毛，一齐于天后宫前开阔地上火化——名曰“解醮”或“散醮”。

最后那天，由前六天的“斋奉”改为“荤奉”——一大早便宰两头大猪，一头为开膛“白猪”，另一头为火烤的“金猪”，两头并排摆上神台，恭奉天后娘娘。那天早上，拜祭者络绎不绝，前前后后不下千人。

至此，醮事功德圆满矣。

据地方志载，清代御倭抗英名将、大鹏所城人刘起龙和赖恩爵以及大鹏营的参将、守备、千总、把总等军官，亦曾参与

“打醮”这一民俗活动。所以，今年大鹏所城的“太平清醮”，为纪念古代当地将军们的勋业与善举，在第七天“开荤”之际，遂开办了“大鹏所城千人将军宴”，筵开200席，加之文艺表演，一并在鹏城大广场热热闹闹地举行。“千人将军宴”场地上空飞挂着几条大红横幅，上书：

三代五将护国定疆清史留正气；

六韬三略擅用筹边御旨赞英豪。

（道光皇帝曾颁旨御赐刘起龙、赖恩爵等为“振威将军”）

良辰美景全城都热闹流光溢彩；

盛世佳节社区共欢腾歌声舞影。

这些横幅，给这座古城的新春醮事赋予了一抹绚丽的色彩和新颖的含义，可谓弥足珍贵。

当晚，在明月与灯光的辉映下，大鹏所城民众在天后宫门前又兴致盎然地观赏了广州八和青年粤剧团演出的《八仙贺寿》和《天姑大送子》等古装戏，给这场“太平清醮”画上了完美的句号。正是：

西接祥光照彩霞万道；

东迎月明朗紫气千层。

犹值一书的是，大鹏所城的醮事，得到了深港两地同胞的大力支持，捐款赞助者逾千人，使醮事得以顺利开展。他们的芳名，被书写在一张张大红纸上，张贴在天后宫洁白的墙壁上，天天接受着众多善男信女的称羡与感激的目光……

“太平清醮”，寄托了普罗大众的善良心愿，对“风调雨顺，国泰民安”的太平盛世的热烈向往和深情礼赞。深港两地这种非物质文化遗产（已列入市级“非遗”），摒弃其表层的迷信色彩，弘扬天后行善仗义、救难扶危的精神内核，启迪人们的爱心与奉献义举，并丰富、活跃社区的文化娱乐生活，等等，愚以为还是有其一定的积极意义的。

（2006. 2）

老深圳赛龙舟

今天是中国的传统节日——端午节，除了插艾叶、吃粽子、挂香荷包、喝雄黄酒外，赛龙舟也是端午节的一项重要内容，甚至成了一项传统的体育赛事。尤其在南方，大凡有河流的地方都会举行龙舟赛。深圳只有一条小小的深圳河，龙舟赛就只能到大海里进行。不过，近年来，这样的赛事除了南澳海湾以外，在他处已不多见，昔日赛龙舟的民俗景观只能深藏在记忆里了……

黄梅雨至，端午节到。看着赛龙舟的老照片，孩提时乡亲们与渔家兄弟赛龙舟的热闹情景，又蓦然浮现在我的眼前……

我的故乡在深圳大亚湾畔的盐灶村，与“洲另”岛上的渔家隔海相望，距离不过两海里，一贯往来密切。那年端午，村中父老与渔民相约，来一次“划龙船”竞赛。奖品嘛，各取其爱——如我方胜，对方就奖给鲜鱼一大筐；若对方赢了，我方则奖予大公鸡三只和青菜一担。渔民兄弟欣然应允，于是赛场在海面上摆开了。

双方各乘一艘“龙船”，船头两边用漆油画了个圆圆的“龙眼”。“划手”各20名，皆为精壮汉子；还有一位是站在船尾手执大葵扇吆喝督阵的老艄公。自我村港口始，至海湾中间两个相距20余米而浮在同一直线上的大番桶止，赛程约一海里许。

那天下午2点钟左右，黄梅雨止，天气放晴，已过中天的太阳亮丽耀目，西南风轻轻地吹，正是划龙舟比赛的好时机。但听岸边三声哨响，村主任一声令下，在数百村民的一片欢呼声中，竞赛开始了。

双方憋足了劲的健儿快速挥动臂膀划桨驱舟疾进。只见船头激起了阵阵银花，舷旁掀起了条条白浪；又闻划手们有节奏的“嘿呀！嘿呀！”的呐喊声，老艄公一边打葵扇一边“快呀——用力划呀”的吆喝声，以及岸上村民催促自己子弟“加油”的呼叫声……简直响彻了大亚湾！

开头的几百米，我村的龙舟一直领先对手一个多船位。但赛程过半后，我方健儿体力不佳，渐呈疲态，船速自然就慢了下来；与此同时，在大海怀抱里长大经验老到的渔民兄弟开始逞威了。他们嘴角挂着一抹笑意，“咳！咳！咳！”几声，一齐发力，龙舟遂脱颖而出，一下子就超出了我方，带着飞舞的水花白浪，载着一船的欢乐，箭一般飞向赛点……而我方，任凭艄公如何声嘶力竭地鼓动，龙舟怎么也追赶不上，与对方的距离越拉越开。见此情景，助威的父老乡亲不禁连连扼腕摇头叹息……

渔家兄弟赢了这场比赛，他们理所当然地捧走了奖品。当我村的“划手”一脸愧色和失落地离船上岸时，却见两位渔民兄弟从他们的船上抬下一筐大乌头鱼，蹚过水皮，来到我村村民和水手面前，憨厚地笑着说：

“这鱼，也送给伯叔娘婶兄弟姊妹们尝尝鲜……”

（2005.6）

大亚湾的鱼情海趣

笔者的老家在深圳东陲之大鹏半岛东北面的盐灶村，前望飞花拥翠的排牙山，背依烟波浩瀚的大亚湾。春去夏来，每逢农历初一、十五“水节”，潮水大退，村里人或在滩涂上捡螺拾贝，或在浅水区摸鱼抓蟹，或挑灯夜捕，或扬帆孤岛在岩岸水边打牡蛎钩螺撬蚝抓鱼虾……各得其所，不亦乐乎！故乡的鱼情海趣呐，每每令我留怀不已……

下　海

那天下午一时许，我与妻子、儿女回到了老家，从老屋里找到了闲置多年的竹篮、篓子、蚝笃、鱼叉、捞箕等渔具，便卷起裤腿赤着双脚欢笑着下海了。

其时，阳光和煦，海风习习，潮水退去，露出大片沙滩。我们开始了认真寻捞海鲜的活儿。

“爸爸，这里有一只‘扁钱’蚬仔！”儿子说罢，弯腰拾了起来，喜滋滋地将它丢进篮子里。

“妈妈，我捡到一只花螺仔啦!”小女欢声笑道，将那只外壳红蓝点相间拇指头大小的花螺仔在手心里兴致盎然地把玩着。

“这沙皮上有一堆‘沙信’，下底必定有一两只乌泥蚬!”不一会，妻子仿佛哥伦布发现新大陆似的，惊喜地说。我凑前去仔细一瞧，但见“沙信”蓝黑浓稠而新鲜，圆锥形，有脚指头大，顶端还有一个漾着水的小洞口。“没错！里头有‘货’！说不定聚居着成群的乌泥蚬哩。”在海水里泡大的我，以“行家”的口吻说。妻子忙用蚝笃往里挖，在三四寸深的地方，蚝笃尖碰到了蚬壳，“咯”然有声。为防壳破蚬死，妻子就转往沙信外围下挖，然后慢动作靠近核心。经过几分钟的细心挖掘，果如我所料，妻子从沙坑里总共掏出了成十个鸡蛋般大椭圆形蓝壳白唇的乌泥蚬!

“哈哈！今晚有珍丝蚬仔靓汤饮啦!”孩子们高兴得大笑起来。

“你和小女继续在沙滩上捡螺挖蚬，我同儿子下水去抓点鱼虾老蟹什么的。”我对妻子说。“好的。下水要小心哪。”妻子关切地说。

“没事!”说罢，父子俩脱去外衣，兴冲冲地奔向大海。

在齐膝深水处，我发现了一只花蟹。它大半个身子都隐藏在泥沙里，只露出一双绿豆芽似的长眼睛和蒙着一层细沙的背壳；稍不留神，准让它瞒过了。我告诉儿子，抓花蟹得胆大心细，应从它的后面下手，用拇指和食指拧紧蟹壳和蟹脐，它的双螯才不会钳手。他点头称是，就按我所教的方法，把右手轻轻地伸进水里，一会儿便将蟹提出水面。“哇！好大的花蟹，展开双螯，足有八寸!”儿子大喜过望，朗声笑道。我急忙打开篓口，让他把那只张螯舞爪蓝花花的大花蟹公放了进去。“我会抓蟹啦!”他得意地说。

“花蟹是这样抓的；但对凶猛的青蟹（俗称‘水蟹’）、石老蟹等可不是这种抓法，那得用拇指和中指夹紧它的两边尾肢与小爪之间的部位，食指同时揿住蟹壳，三指合力才行。”我手把手地教着儿子，他听了，转了转眼珠儿，若有所思。

随后，咱父子俩又抓到了几只花蟹和三点蟹以及二十多条沙钻鱼。尤其开心的是，在齐腰深水处我以鱼叉扠到了一条贴地而行大过巴掌的“左口”鱼，儿子则用捞箕捕到了一只浮游的拳头般大的八爪鱼……

五点钟左右，涨潮了。我和儿子离水上滩，同妻子、小女会合。小女看了爸爸和哥哥的“战利品”后，眉开眼笑地说：“好哇！我与妈妈也捡到了成篮子的螺仔蚬仔——除了乌泥蚬花螺仔外，还有须蛤仔、石头螺、沙白哩!”

过　洲

时值农历月初，一个周末的中午，笔者偕同儿子小廉背着竹篓跟随村中一帮青头小伙和农家妹子嘻嘻哈哈地登上了一艘排水量一吨许的小罾船，一齐“过洲”——到离海岸三里多的一个名叫“伶洲”的孤岛赶水节捡螺蚬捕鱼虾。

其时，丽日当空，南风轻轻，白云悠悠，蓝天碧海，微波细浪。红帆鼓起，船首切波，伴着《大海啊故乡》《一起走过的日子》和《九百九十九朵玫瑰》的清亮歌声，小罾“哗哗”而进。半个多钟头后，小罾驶到了伶洲岛，拐进“避风塘”落帆起舵，抛锚泊船。

伶洲岛呈新月形，宛如一艘巨大的不沉的航空母舰，静卧在大亚湾北的海面之中。海滩和浅水区盛产海螺鱼虾。船停稳后，我们男子汉便背着竹篓、手执鱼叉，兴高采烈地跳下水。妹子们怕水溅湿花衣裳，便轻手轻脚下船，赶在潮水退定之前，提着竹篮，天女散花般在滩涂各人足蹲一石，“笃笃笃”地在打蚝仔（小牡蛎），或掰石夹仔（淡菜），或捡石头螺；大潮退落时，就行至齐膝深水处钩扁螺（珠贝）或撬赤蚝（魁蛤）。我们父子俩同一帮后生哥则径直下到齐胸水，戴上避水眼镜，潜水寻找较名贵的海鲜。

起先，我和廉儿都是“饥不择食”，凡遇上较大的扁螺、猪牯螺或条螺、棘螺等“中级海产”，都通通入篓。这样，不到一个钟头，每人都拾到半竹篓，沉沉的挎在肩上。当海潮退定时，我们便下到海的深处。哇！水里的“好货”“奇货”纷纷闪入眼帘。

“爸，我钩到了一只大鲍螺！”

“爸，我捉到了一条海马仔！”

“爸，我抓到了一只几寸长的白素虾！”

……

孩子那夹着笑声的捷报不断地飞来。我欢喜之余，更细心地观察水中动静。不久，我在一个磨盘石的石隙中发现了一双淡黄色的小眼睛。我把篓子交给孩子捧着，右手执着鱼叉，戴上水眼镜轻轻地潜入水，慢慢地接近它。仔细一看：头尖背黑肚白体圆身长。嘿！乖乖，那不是鳗鳝么？凭我少年时的捕鱼经验，如用手的“五爪金龙”……于是，我屏住气，对准它的圆柱形上身一叉“镖”将过去：中了！我迅即两手并用，且紧且缓地把它拖离石隙。我一伸腰，出了水面，它的扁中带尖的尾巴便拼命地拨水，身子急速地蠕动。但叉齿已入其身，它怎么也溜不出我的双手。这当儿，廉儿赶紧张开篓口，把这条二尺来长、手臂粗细的鳗鳝装入篓中，我这才把叉子拔出，捂紧篓门，接着便是一阵“哗哗”的水声在篓中响起……我摘下水眼镜，抹了一把额头上的咸水，对着孩子“哈哈”一笑……

我们“胜兵不骄”，继续寻觅佳品，扩大“战果”。于是，鲍螺、香螺、小石斑……不少成为我们的“篓中客”。

下午四时许，涨潮了，我们个个都篮满篓满地返回船上。这时，海风“回南转东”，小罾起锚，掉转船头，扬起风帆，载着满舱海鲜和欢声笑语，向家乡破浪而去……

摸 鱼

夏秋两季，大亚湾的渔事活动日见频繁，“摸鱼”即为其中的一种。摸鱼，又谓“摸罾脚”：赶罾者每赶一罾，只捞进入罾棚里的鱼，罾门外漏网的沉水鱼，便任由弄潮儿“摸”之。

近日有闲，与廉儿返乡时正碰上“水节”。午后退潮时，但见福叔扛一大罾棚，与其子阿庆匆匆下海。兴之所至，我即从老家找出一只竹篓和一支五尺竹竿，叫上廉儿同去摸鱼。村中的几个毛头小伙也蹦蹦跳跳笑逐颜开地跟在我们后面。

初夏的海水澄明泛蓝，可有点儿“刺肉”。下到齐腰深时，我们的身上都起了一层鸡皮疙瘩。但为那份乐趣，咬咬牙也就不冷了。

下水不久，福叔父子已赶了第一罾。起罾时，我们摸到了罾门前。福叔捞鱼后，转移阵地去了，我即将竹竿一头插进海底，让它的上端露出水面以作标记。我们的双脚就在标杆周围海域慢慢地移动，轻轻地踩滩。

“爸爸，我踩到一条鱼！”廉儿忽然惊喜地叫了起来。

“你的脚别移动，踩住它，潜下水去抓！”我急忙吩咐道。

廉儿应了一声，脑袋便潜入水中，跟着海面冒出了一串气泡。不过几秒钟工夫，他就手举一条拇指般大小的沙钻鱼窜出水面，随即“呼”的一声喷出了一大口海水。

“哈哈！乖仔真好运，先拔头筹。”我笑道。

不一会儿，我忽感足下有异，遂悄悄地用劲：一条扁形鱼被我踩着了。但它仍在我的脚掌下蠕动。“嘿，准是条比目鱼！”我心中大喜。于是左手托起篓子，右手往上划水，借着反作用力，屏息静气，一个下蹲，右手转而直下脚底，摸准鱼儿头部，拧紧，上浮——嗬嗬！一条五指大的比目鱼在我手中挣扎着离开水面。我大笑着将那“战利品”投进了篓子；“哗哗”两声，鱼儿在里面翻起了水花……

“爸爸真有两下子，一下子就抓获了一条大扁鱼！”廉儿挺开心，双眼笑得眯成了一条线。一同摸鱼的小伙子们也七嘴八舌地说我好福气。我不无自豪地说：“这算得了什么？我后生时摸鱼，还抓过一只三斤多重的大海鬼（章鱼）哩！”说得他们不住地“啧啧”称羡。

首罾得胜，咱父子俩更来劲了。在以后的几罾，或沙钻仔，或鸡臂鱼，或打草公，或唱歌婆……或多或少或大或小的总有入篓。大约摸到第八罾时，忽听廉儿嚷道："爸爸，我踩到一只蟹，蟹壳又硬又滑！"

"壳滑的一定是青蟹。那东西挺厉害，螯子钳人没商量。你稳住它，我来帮你抓。"说罢，我把篓子交给他拿着，狠吸了一口气，一个猛扎子，潜入海底，摸到孩子的脚掌，又触及蟹壳边缘，遂一手封住它的双螯，一手揿住蟹身，手肘则碰了碰孩子的脚，示意他松开。他的脚掌一离位，我迅即改为双手擒拿，将其螯、身尽置掌中，然后一蹬脚，露出水面——那只壳黛绿螯泛红成斤重的大青蟹便乖乖地入篓了。

又摸了几罾，日头西斜，开始回流了。潮涨则鱼"醒"，再不似退潮时那般驯善任人"摸"了。咱父子俩向赶罾的福叔和阿庆道了声谢，便兴冲冲地背着半篓鱼虾蟹上岸了。等待着我们的，将是一顿丰盛而别具情趣与风味的海鲜晚餐！

照　鱼

旧时，照鱼所用的工具是"火篮"，发光燃料为"油柴"。火篮由火柴棒般粗细的铁丝扎制而成，直径七八寸，深二三寸；篮框和篮耳及提手的铁丝略粗。篮眼约 5 分，方形或菱形均可，以作透气和排灰之用。油柴则是从排牙山上砍来、晒至冒油的松枝丫节，雅称"松明子"，俗谓"松钉"。木质坚韧，黑亮起"格"，燃将起来火旺少烟而持久。

照鱼时通常两人合作。一个（助手）背着一大一小两个竹篓，大者装油柴，小者盛鱼虾，并手执一只网制捞箕。另一个（主照者）则左手提火篮，右手执鱼叉。鱼叉端为 5 根尖头铁枝，谓“叉齿”，中间一“齿”有一逆向小钩，以钩牢猎物；叉柄为圆木棒，径盈寸，长数尺。

照鱼于春夏两季皆可，每月在农历初八至初十或二十三至二十五的晚上八点钟左右，风平浪静水清潮退时下水为宜。此前，火篮盛满油柴，并点燃之。主照者在前，助手在后，沿着海岸线齐膝深处的海域一路照去。入水脚步要轻而细，以免惊动鱼儿。这样，火光照到它时，它也不会逃窜。这时，主照者就把鱼叉对准它，疾速刺去（俗谓“镖”），保险中“的”。但镖鱼时，叉端切忌离水，免致冲击水面，发出声波，而惊跑鱼儿。

最有趣的是照到乌贼（俗称“墨斗”）时，如一镖不中，它会迅即泄出一股墨，把海水染成漆黑一片，令照鱼者“朦查查”，它则乘机逃之夭夭。可精明的人决不会为它的“烟幕”所迷惑。因为“烟幕”的尖端，必是它逃跑的方向。泻墨后的乌贼，体能有所消耗，跑不了多远速度就会放慢；前边的海水又清澈，容易暴露，故追而镖之，它便入篓了。

若照到较小的鱼，如沙钻、鱿鱼、黄脚笠或“耳解仔”、白素虾等，助手便用捞箕兜头截而擒之，往往得手。

照一潮水，一般两个多钟头，那大篓油柴也烧得七七八八了；况且，那时已开始涨潮了。潮涨则水深，鱼儿也“醒目”起来了，照着也不易镖中。

照鱼一晚，一般可获鱼虾三四斤，花蟹或青蟹十数只，乌贼三五个；如逢好运，还能照到成双结对的鲎或大如锅盖的鹞鱼——不过，那得十分当心；否则，它那含有微毒的鹞尾刺翘将起来就“螫你没商量”啦。

随着科技的发展，人们的照鱼器具逐渐改为汽灯和双纱大光灯等，并驾舟扬帆驶至大海深处，利用鱼虾的趋光性，下网而捕之。自然收获甚丰，景致也更为多彩。

赶　鱼

赶鱼，离不开罾与鹤索。

罾，又称罾棚，昔时为大鹏、葵涌一带海滨人家进行渔事活动的工具，由网和竹制成，结构并不复杂。这种捕鱼器具，前文已略提及，于此细细云之，以飨读者诸君——

罾底八尺见方，用棉线按2分眼（10分为1寸）规格织成。罾底3边各连一幅尺半高网围。罾框由4支径约1寸、长约6尺，以文火烘压成弓形的竹竿和1个尺许长的“十”字形麻竹筒构成。每支竹竿的一端均穿入竹筒里，另一端就系在罾底角上，组成一个穹形框架。3幅网围则分别拴在竹竿下段的适当位置上。后生哥将之扛在肩上，欣然下海，很有几分潇洒的韵味。

与罾棚相配套的是2根长30余米的“鹤索”。索即麻绳，拇指般粗细。每隔1尺左右打一个结，结中拦腰扎着几片尺许长状若鹤羽的葵叶片；结与结之间串着数块蚬壳。每根鹤索的一端都拴着一条3尺来长坚实而不上浮的尖头木棒。

赶鱼（又谓“赶罾”）时，需两人协调操作方可。当下海至齐胸深时，罾棚便坐入水中。罾口朝海岸方向，罾底紧贴海滩，穹顶则露出水面。同时，两条连着鹤索的木棒分别紧靠罾口两侧牢牢插入泥中约半尺。接着，每人抱着一条鹤索，慢慢地离开罾口，面对面地边后退边放索，直至索尽。于是，以罾口为顶点的两根鹤索就构成一个沉于海底的大约210°的巨角。然后，两人的脚掌分别穿进各自鹤索末端的圈套，来一个大拐弯，再两头包抄，最后在离罾口10多米处会合靠拢，并朝前不紧不慢地收索。在包抄与收索过程中，水底葵叶影影绰绰，蚬壳“格格”有声，受惊的沙钻鱼、比目鱼和鸡臂泉等“沉水鱼”以及虾公老蟹并不会上浮越过鹤索逃窜，反而会向着鹤索的包围圈聚集。随着包围圈的缩小，最后乖乖地游进罾底。赶鱼人呈对角各执一罾脚，一齐发力，往上一提，罾棚便迅速离开水面，鱼虾蟹们只好在罾底网窝中无奈地挣扎……一般每一罾可赶鱼半斤左右；好运气时，还能赶到成斤重的章鱼、乌贼或白鳝，甚至有珍贵的石斑或成群结队的海鲇哩！每赶一罾就换一个地盘，位置一般距离上一罾迹五六十米，且在同一水深线上；一次退潮期可赶20罾以上。

赶鱼一般于芒种至秋分之间鱼汛期在浅海沙滩水域进行，这时是大退潮，沉水鱼“傻乎乎”，收获最丰。如今机帆船大拖网已作为捕鱼捞虾的主要工具。罾棚鹤索等赶鱼器具及其运作动态，遂成为人们记忆中的一道古朴的风景，一帧凄美的画卷，一首苍凉的渔歌了……

（2017.6）

放飞“孔明灯”

我的少年时代是在深圳大亚湾畔度过的。那时，每逢过中秋佳节，村里都要举行一次挺有趣的民俗活动，那就是在中秋之夜放飞“孔明灯”。

我记得，制作孔明灯，一连好几年都是由汉叔带领一帮青年仔去完成的。做好的孔明灯，外形宛若一只巨大的灯笼，高逾丈五，径达八尺，竹篾扎成筐状架构，外围紧贴韧红纸，筐篮里盛满了经反复浸透煤油、晾干、再浸透煤油、再晾干的纸团棉絮——俗称“火媒”。孔明灯筐口外径一侧还系了一排由“一千头”炮仗连接而成的长长的鞭炮。

当一轮明月冉冉升起，万里清辉普照，家家户户拜过月神、尝了月饼和云片糕之后，汉叔便同一帮青年仔兴高采烈地将孔明灯抬到距离村子两箭之地的一片禾坪上。我们这些毛头小子黄毛山妹则簇拥着前往看热闹。待月上三竿秋风较缓时，“放孔明灯啦!”汉叔一声令下，一小青年即刻点火。但闻“哄”的一声，火篮顿时火苗勃发，烈焰腾腾，灯（筐）内空气迅速受热膨胀变轻，孔明灯遂徐徐升空。就在它飞升的一刹那，刚才那位眼明手快的青年仔马上将鞭炮点燃——于是乎，一个红艳艳亮晶晶的庞然大物便在鞭炮声中越升越高，继而随着风向遨游太空了。我们则随着大人们的大声喝彩而纵情欢呼，手舞足蹈；直至孔明灯飞到远方天际，变成一个小亮点，我们才依依不舍意犹未尽地回家。“孔明灯是不是就这样久久地在天上飞?”当时我问汉叔。他笑答：“再过一个多钟头，当火媒烧尽时，孔明灯就会慢慢地降落到地面上来。”

“为什么叫它‘孔明灯’呢?”我又好奇地问。汉叔抚摸着我的小脑袋，挺认真地对我说：“我也是听老人说的……”接着，他动情地道出了“孔明灯”的缘由——相传三国时，蜀国丞相诸葛亮（字孔明），有一年秋天与魏国都督司马懿对阵，久攻不下。为了迷惑敌军转移敌人视线，他发明了此物，在中秋夜放飞，结果达到了“声东击西”大获全胜之目的。后人为感念诸葛丞相的智慧和功德，遂用他的“字”命名此灯，并在中秋之夜点火升空，为佳节增添趣味和色彩。直至20世纪70年代末，香港和华南地区等处仍盛行这种习俗。但近20多年来，鉴于种种原因，人们在中秋之夜再也见不到孔明灯的倩影了。

听了汉叔的一席话，我喟然：放飞孔明灯这种民俗活动，此后只能作为一种“趣忆”，长留在老百姓的心间了。

（2002. 9）